USA *Today* Bestselling Author

Dale Mayer

A SEALS OF HONOR NOVEL

LÉGION D'ACIER
02-ERICK

Résumé du livre

Deux unités militaires de huit hommes chacune ont été envoyées à bord de deux véhicules pour ce qui n'aurait dû être qu'une mission de reconnaissance banale, à Kaboul. La mission s'est soldée par une catastrophe, quand l'une des unités a roulé sur une mine anti-tank. Badger Horley, le chef de l'équipe des SEAL, ainsi que six de ses hommes ont été gravement blessés. Le huitième homme est mort. Seulement, voilà. Le matin de l'accident, les itinéraires ont été changés sans explications ni informations sur la personne qui a autorisé ces nouvelles directives. Jusqu'à l'explosion de cette mine, Badger s'est senti mal à l'aise avec ce changement de dernière minute, mais il n'a pas envisagé de raisons criminelles. Maintenant qu'on a tenté de détruire son équipe, cela devient personnel. Badger et ce qu'il reste de son escouade refusent de prendre du repos tant qu'ils n'auront pas découvert ce qui a entraîné cette tragédie et tué l'un des leurs. Pour cette Légion d'acier, la vengeance n'attend pas…

Deux ans plus tôt, Erick Fuller, ancien soldat des forces spéciales, a été gravement blessé quand le camion de son escouade a roulé sur une mine anti-tank. Il a perdu le bas de sa jambe et deux doigts. À présent, il a de nouvelles plaques d'acier, des broches en titane… et un besoin farouche de réponses et de justice. Six autres de ses co-équipiers ont été gravement blessés, et le septième est mort, dans ce qui n'était autre qu'un coup monté pour les supprimer, comme leur chef d'équipe, Badger Horley, l'a découvert plus tard. Après avoir rejoint l'équipe en Angleterre et découvert un lien avec la mine anti-tank utilisée dans l'explosion, Erick se rend à Kaboul, sur les lieux de l'accident, pour recueillir plus d'informations. Là, ce qu'il découvre l'ébranle…

Honey Lewis, chef de file novatrice dans le domaine des soins dentaires, est invitée à une conférence de recherche sur une cellule souche de pointe. L'homme qui lui a lancé cette invitation de dernière minute est quelqu'un qu'elle a rencontré dans un atelier similaire, des années auparavant. Elle a beau savoir qu'elle n'a pas suffisamment d'expérience, elle ne peut résister à l'envie de connaître les dernières avancées dans sa branche de métier. À son arrivée à Kaboul, elle rencontre un autre homme… un homme qu'elle n'aurait jamais attendu ni imaginé revoir un jour. Elle a connu Erick un an plus tôt au Nouveau-Mexique quand elle a embouti sa Mustang adorée de 1969. Aussi incroyable que cela puisse paraître, il ne l'a pas oubliée. Si seulement sa fébrilité n'éveillait pas des émotions parallèles chez elle…

Avec tous ces chamboulements, à la fois dans sa vie et dans son cœur, c'est une lutte acharnée qui s'amorce quand l'homme qui s'est lié d'amitié avec elle se révèle différent de ce qu'elle pensait.

Inscrivez-vous ici pour être informés de toutes les nouveautés de Dale !

https://geni.us/DaleNews

ERICK FULLER SOULEVA son sac avec son bras valide et se dirigea vers les douanes. Cade n'était qu'à quelques mètres de lui. Ils voyageaient ensemble mais, dans l'avion, ils s'étaient installés à une certaine distance l'un de l'autre de façon à ce que personne ne puisse savoir qu'ils étaient ensemble. Dès qu'Erick eut franchi le poste de douane, il se dirigea vers la sortie et prit un moment pour s'habituer à la chaleur. Revenir en Afghanistan faisait remonter à la surface beaucoup de souvenirs. Ç'avait d'ailleurs été l'une des raisons pour lesquelles il avait si rapidement pris la décision de venir. Plus il restait à se morfondre chez lui en se disant que le voyage était inévitable, plus ses cauchemars empireraient. Il détestait même l'idée de faire savoir à quelqu'un d'autre qu'il faisait des cauchemars.

Mais son psy savait que le syndrome de choc post-traumatique était bien réel. Et rien ne semblait pouvoir l'aider mais il espérait qu'avoir des réponses à ses questions y parviendrait. Tandis qu'il attendait que Cade le rejoigne, il envoya un texto à Badger pour lui dire qu'ils venaient d'atterrir. Badger répondit immédiatement ; il était en permanence suspendu à son téléphone pour les aider à résoudre les problèmes logistiques éventuels. Leur voyage pouvait durer seulement vingt-quatre heures ou bien plus longtemps. Ils avaient loué un véhicule, ils devaient se rendre à l'endroit où l'accident avait eu lieu, devaient parler avec les habitants du village et rentrer chez eux. Ce qui devait être l'affaire de deux ou trois jours tout au plus.

Erick ne s'attendait pas à ce que cela dure plus longtemps, parce que si c'était le cas, cela voulait dire qu'ils avaient eu de sérieux ennuis ou bien alors qu'ils avaient trouvé une piste significative. Il doutait qu'après deux ans il y ait beaucoup à trouver et la situation était déjà passablement instable de ce côté-ci du globe. Il aurait préféré éviter ça autant que possible.

Ils allaient retrouver une vieille connaissance qui leur fournirait les armes nécessaires. Ils ne voulaient pas prendre le risque de se faire arrêter aux frontières. Erick aurait pu prendre ses armes mais c'était risqué. Il avait voyagé en utilisant son passeport personnel, il n'avait pas été signalé en Angleterre et c'est là qu'ils avaient repéré Badger. Mais, à ce moment-là, il avait eu quelques soucis et le MI6 semblait toujours l'avoir à l'œil. Erick avait choisi de voyager en utilisant son vrai nom et de voir ce qui se passerait. Si jamais quelqu'un lui posait la question, il répondrait qu'il était là par nostalgie.

Ce qui était vrai, d'une certaine façon.

Le soleil était implacable. Mais, après tout, à quoi s'était-il attendu ? Même l'air avait une autre odeur ici. Il préférait voyager au Canada ou en Sibérie, il y avait une fraîcheur dans l'air quand ici ce n'était que de la froideur. Certes, cela faisait frissonner mais repoussait également tout l'air lourd et vicié qui semblait stagner dans les endroits chauds. Et quand dans les pays chauds, le vent venait pour chasser l'air vicié, il amenait avec lui du sable et de la poussière qui vous envahissaient la gorge et emplissaient vos poumons, vous faisant froncer le nez en vain pendant des semaines. Erick peinait à croire qu'il était de retour. Ce n'était pas du tout le lieu où il aurait voulu être. Une main lourde s'abattit sur son épaule. Lorsqu'il se retourna, il vit Cade. Il hocha la tête.

— Prêt ?

— Presque. Je sais que tu as dit que tu voulais que l'on règle ça tous les deux mais, avant de partir, j'ai reçu un texto de Talon.

Erick haussa les sourcils.

— J'imagine qu'on aurait dû s'y attendre après ce qui s'est passé en Angleterre.

Cade acquiesça.

— Il veut participer lui aussi.

— Pas sûr que ce soit une bonne idée, tu as entendu toi-même l'enregistrement.

— Je sais. Mais je ne peux pas croire que Talon ou que l'un de nous soit responsable de l'accident.

— Je suis d'accord, mais je voudrais seulement que l'enregistrement soit assez net pour être certain que ce n'était pas l'un d'entre nous qui a passé le coup de fil qui a révélé notre emplacement.

— Je comprends.

C'est à cet instant-là qu'ils entendirent un cri derrière eux et, lorsque Erick se retourna, il vit Talon qui se dirigeait dans leur direction.

— Waouh, il est rapide.

— Il était déjà là. Plus exactement, pas loin d'ici. Il est arrivé il y a quelques heures et il attendait qu'on atterrisse.

Les hommes se saluèrent. Talon sourit à Erick.

— J'espère que ça ne te dérange pas. Je sais que Cade n'a pas eu l'occasion de t'en parler avant de me dire que je pouvais vous rejoindre.

Erick haussa les épaules.

— On est toujours contents de t'avoir dans les parages. On a besoin d'avoir des réponses. C'est juste très moche que l'enregistrement ait l'air de venir de l'intérieur de notre camion.

— Je me pose des questions moi aussi… J'ai récupéré votre véhicule de location tout à l'heure, j'espère que ce n'est pas grave, fit Talon en se dirigeant vers le parking.

— S'ils ont bien voulu que tu le récupères, ce n'est pas un problème. Mais faut toujours qu'on passe voir Boîte d'ombres.

Talon rit.

— Il est toujours dans le coin ?

— Oh ça oui, et ses prix ont grimpé.

— Évidemment. Je te comprends pour cette histoire d'enregistrement. Il y a une partie de moi qui veut se convaincre que c'est un faux. Est-ce que tu as envisagé cette hypothèse ? demanda Talon sur un ton morose.

— Je ne sais pas comment ils auraient pu faire une chose pareille mais Tesla espère la même chose. Elle analyse l'enregistrement et il y a de grandes chances qu'on ne trouve rien avant un moment. Elle m'a dit que ça n'avait pas l'air très prometteur et pour autant qu'elle puisse en juger dans l'immédiat, c'est un enregistrement authentique.

— Merde ! Je suis absolument certain que je n'ai rien fait pour que ça nous arrive.

— Nous non plus.

— Et je peux jurer que Laszlo n'avait rien à voir avec ça. Il était tout aussi loyal que les autres.

— *Était* ? Est-ce que tu sais quelque chose que j'ignore ? releva Erick qui se retourna pour le regarder, l'air inquiet.

— Non, Laszlo va bien, je n'aurais pas dû parler au passé mais je pensais à ce moment-là. Je sais qu'il est loyal, il est retourné dans sa famille en Norvège pendant un certain temps mais je sais que si on a besoin de lui, il sera là, répondit Talon en secouant la tête.

— Il ne sait rien de tout ça ? Pas vrai ? demanda Cade.

— Non mais, pour être honnête, il m'a contacté il y a un peu plus d'un an parce qu'il lui semblait que quelqu'un nous avait trahis, à lui aussi.

— Quoi ? Mais tu n'en as jamais parlé ? fit Erick qui s'arrêta sur place et regarda Talon.

— C'était au moment où tu allais passer sur le billard pour une grosse opération. Cade avait le dos à moitié ouvert et était alité, les deux jambes en traction. Badger était dans un sale état, il venait d'avoir toute une série d'opérations, on lui avait enlevé la rate, amputé la jambe. Je pouvais pas vous faire ça les gars. Mais maintenant que vous êtes tous sur pieds et que vous avez tous eu la même idée, merde, il faut qu'on sache. C'est tout ce que je peux faire pour retenir Laszlo. S'il savait qu'on est ici, il y serait lui aussi.

— Merde !

— Ce serait bon de le revoir, Laszlo c'est vraiment quelqu'un ! fit Cade.

Talon les dirigea vers le véhicule, une Jeep militaire découverte. Ils déposèrent leurs bagages à l'arrière et Talon s'installa derrière le volant.

— On passe d'abord à l'hôtel ?

— Oui, donnons l'impression qu'on est là pour les vacances.

— Ce sont des vacances, du moins c'est ce que pense le reste du monde, ricana Cade.

— Moins il y a de gens au courant de ce que l'on fait là, le mieux ce sera, assurons-nous simplement de tenir Badger au courant de ce que l'on fait si jamais on a besoin d'une porte de sortie rapidement, dit Talon.

— On a été prudents. Allons-y, je veux qu'on fasse ce que l'on a à faire et qu'on rentre rapidement chez nous.

— Absolument d'accord, acquiescèrent les deux hommes.

Quelques minutes plus tard, Talon garait le véhicule à l'hôtel, sur une place réservée à la clientèle. Les trois hommes descendirent et se dirigèrent vers la réception. La climatisation et d'énormes ventilateurs brassaient un air frais qui les frappa de plein fouet. Dans l'entrée, Erick vit une femme qui était au téléphone, son ordinateur portable en équilibre sur les genoux, tapant en même temps qu'elle parlait. Très clairement une Occidentale qui avait l'air impatiente et furieuse.

Cade le gratifia d'un coup de coude et la désigna d'un geste.

— Tu ne la reconnais pas ?

Talon se retourna pour regarder dans la même direction qu'Erick qui s'était arrêté pour la fixer du regard. Il secoua la tête pour dire que non, il ne croyait pas la reconnaître.

— Regarde mieux que ça, je suis quasiment certain que c'est elle qui a percuté ta Mustang 1969, expliqua-t-il, ce qui figea Erick.

— Vaudrait mieux que ça ne soit pas elle.

— Je crois bien que si.

Erick pivota pour l'étudier : elle avait les cheveux relevés, portait de grosses lunettes, était jolie, mince, et ses cheveux étaient d'un blond assez ordinaire. Trop belle pour être ici : c'était un endroit dangereux pour une femme blanche, particulièrement si elle voyageait seule.

Erick se retourna pour regarder son ami.

— Pourquoi crois-tu que c'est elle ?

— Regarde son badge…

Son regard glissa sur sa poitrine et saisit le badge qu'il n'avait pas vu la première fois : *Honey Lewis.* Il se figea sur place.

— Connasse ! fit-il plus fort qu'il l'aurait voulu.

Honey se redressa, pinça les lèvres, repoussa ses lunettes et le dévisagea. Un « C'est quoi ce bordel ? » lui échappa. Erick se dirigea vers elle.

— C'est pas plutôt à moi de dire ça ?

Elle tapait du pied avec impatience.

— J'aurais espéré ne jamais te revoir.

— C'est toi qui as percuté ma voiture.

— C'était un accident, tu ne te souviens pas ?

— Je m'en souviens et je me souviens aussi comment à l'époque tu as dit que c'était de ma faute, dit-il en hochant la tête.

Elle leva les mains, comme pour dire qu'elle était innocente.

— Je suis désolée, j'étais contrariée.

— Je n'en doute pas, ricana-t-il, au moins j'ai fait réparer ma Mustang. Et toi ? Tu conduis toujours ? Ou est-ce qu'ils t'ont sucré ton permis ?

Elle le fusilla du regard.

— Je conduis toujours, merci pour moi. Mais je n'aurais pas dû conduire ce jour-là. Tu as raison. Et je me suis excusée et je n'aurais pas dû m'en prendre à toi. Je n'étais pas dans un très bon état d'esprit, fit-elle en refermant brutalement son ordinateur qu'elle fourra dans un sac, elle fit de même avec son téléphone qu'elle mit dans la poche de son pantalon beige après s'être levée.

Il posa ses mains sur ses hanches.

— Un an pour s'excuser, c'est un peu tard, mais

j'accepte tes excuses.

Elle le gratifia d'un sourire adorable.

— Très bien, parce que je n'ai pas l'intention de recommencer, et elle tourna les talons pour se diriger vers la réception, passant avant eux.

— Mais qu'est-ce qu'elle fout là ? ricana-t-il.

— Je ne sais pas, mais j'aime la tournure que prennent les événements. Ça devrait rendre intéressants les jours à venir, fit Cade pendant qu'Erick le fusilla du regard.

— Tu m'en diras tant… fit-il et il se dirigea vers le bureau à grandes enjambées et s'adressa à un autre réceptionniste.

CHAPITRE 1

DES QU'ERICK ENTRA dans la chambre d'hôtel qui leur avait été assignée, il déposa ses sacs sur le lit le plus proche et sortit son téléphone qui avait vibré quelques instants auparavant. Il avait attendu d'être dans la chambre pour voir de quoi il en retournait. Après avoir lu le message, il se tourna vers Cade et Talon.

— La rencontre est prévue cet après-midi à quatorze heures.

Les trois hommes synchronisèrent leurs montres.

— C'est le bon moment, plus tôt on sera équipés, plus vite on pourra aller sur place.

Talon acquiesça.

— Est-ce qu'il y a d'autres choses à récupérer ? Quels sont les projets ? Quand est-ce qu'on fait du tourisme ? Aujourd'hui ou demain ?

— Comme on n'aura pas les armes avant cet après-midi, on devrait y aller demain matin, je pense. Il faut aussi qu'on se fasse un itinéraire, fit Erick.

— Déjà fait, je m'en suis occupé pendant le vol, répondit Cade.

— Très bien. Combien de temps de trajet ? À quoi ressemble l'itinéraire ?

— Quarante-cinq minutes, mais ça dépendra de la météo et de l'état de la route.

Ils comprirent tous. Parfois, une tempête arrivait et, tout ce qu'il y avait à faire, c'était se tapir à l'intérieur du véhicule et attendre que ça passe. Il pouvait arriver que la chaleur soit si intense que les radiateurs du véhicule ne tenaient pas le coup. Il fallait alors s'arrêter pour les remplir à nouveau d'eau. Erick jeta un coup d'œil par la fenêtre.

— Question météo, on s'en sort bien.

— C'est sûr mais on sait aussi que ça peut changer en un rien de temps. On ne sait même pas s'il y a encore des personnes avec qui parler au village.

— C'est vrai, mais je veux y aller moi-même. Si après avoir parlé avec tout le monde, nous ne trouvons rien, je ne sais pas ce que l'on pourrait faire de plus. Clairement, c'est une mission où on y va pas à pas, fit Erick qui s'interrompit et qui regarda la chambre avant de continuer. Ça ne vous dirait pas d'aller manger un morceau ? On a juste le temps et il faut qu'on prenne de l'eau avant notre rendez-vous.

Ils fermèrent la porte de leur chambre et retournèrent dans le lobby qu'ils traversèrent pour aller au restaurant. Erick n'avait pas envie de voir si Honey était toujours là, mais il vérifia malgré lui. Heureusement, elle était absente. Il rattrapa Cade et Talon qui s'arrangeaient avec la serveuse pour choisir leur table. Elle les dirigea vers le fond de la pièce, où il faisait frais et où se trouvait une grande fenêtre.

Il avait rejoint la Marine en partie parce qu'il avait voulu partir à la découverte de cultures différentes mais il avait été assez souvent en Afghanistan pour savoir à quoi se préparer et il avait déjà vu la plupart des attractions touristiques. Il savait aussi qu'il faudrait du temps à son corps pour s'habituer à la température.

— Vous ne croyez pas qu'on devrait plutôt s'installer dehors ? demanda-t-il.

Cade plissa les lèvres et hocha la tête.

— Tu as raison, autant commencer à s'ajuster. Je ne sais pas quelle température il fera cet après-midi, mais ce sera sûrement bien plus que là d'où nous venons.

— Ça dépend si tu parles de l'Angleterre ou du Nouveau-Mexique. L'Angleterre était humide. Pas chaud, mais envahie de vapeur comme si toute l'humidité te collait à la peau, fit Cade.

Erick sourit largement. Quand la serveuse revint, il lui demanda s'ils pouvaient aller s'installer sur la terrasse couverte. Elle acquiesça et les entraîna vers une nouvelle table. Lorsqu'il s'assit, il se rendit compte que cet emplacement avait aussi son inconvénient mais il n'allait pas en faire tout un plat. La femme qui avait percuté sa voiture était là, elle aussi, avec son ordinateur ouvert. Elle était tapie sous le grand parasol et essayait de lire ce qui se trouvait sur son écran. C'était elle qui aurait dû être à l'intérieur. C'était mortellement impossible de lire un écran en extérieur.

Il la désigna d'un geste aux deux autres hommes pour qu'ils la voient. Ils sourirent, haussèrent les épaules et s'assirent avant de passer leur commande qui consistait en un repas chargé en glucides et protéines pour qu'ils tiennent le coup tout l'après-midi. Ils commandèrent aussi de grands verres d'eau. Erick sortit un petit calepin et un stylo et se mit à lister ce dont ils auraient besoin.

— Tu fais la liste des courses ?

— Oui, un truc du genre. Il faut aussi qu'on note nos questions parce qu'elles me tournent en boucle dans la tête mais je n'ai jamais vraiment pris le temps de les écrire, expliqua Erick.

— Tu crois vraiment qu'on va trouver quelque chose ? demanda Talon.

— J'espère vraiment, je présume que ce sera un indice qui nous entraînera vers un autre indice.

— Alors, comme au bon vieux temps ?

Malgré lui, Erick rit.

— C'est ça ! C'était l'une des choses les plus frustrantes dans les missions de renseignement. On passait notre temps à chercher tout ce qui aurait pu nous mener à un indice important. On ne savait parfois même pas ce que l'on cherchait avant de le trouver.

— Je crois que ça n'a pas changé, peu importe le pays ou la mission, acquiesça Cade, as-tu vraiment besoin de poser ces questions ? Tout ce qu'il nous faut, c'est trouver quelqu'un qui était là au moment de notre accident et qui sache peut-être qui a pu poser la mine et pour quelle raison.

— Et s'il y avait des étrangers au village à ce moment-là. Si j'avais organisé ce genre de choses, j'aurais voulu être certain d'être sur place pour observer la suite des événements.

— C'est vrai. Mais, à trois, on devrait réussir à couvrir le terrain nécessaire, fit Erick qui n'avait pas envisagé cela, mais continua de prendre des notes.

— Eh bien, ce n'est pas comme s'il allait y avoir des balises sur le bord de la route qui indiquerait « La vérité se trouve ici », fit Talon.

Erick releva la tête.

— Non, je suis au courant, mais je me demande ce qu'il est advenu de notre véhicule après l'explosion.

— Pourquoi ? demanda Cade.

— Parce que personne, du moins aucun d'entre nous, n'a eu l'occasion d'y jeter un œil. Qui nous dit ce que nous pourrions trouver sur place ?

Tous prirent un moment pour envisager l'idée.

— Il aurait fallu beaucoup d'équipement pour tout ramener à la base. Et pourquoi auraient-ils fait ça ? C'était un accident. Un parmi tant d'autres, suggéra Cade.

— Il est assez probable qu'il soit toujours sur place, dit Talon.

— Il n'en restait pas grand-chose. Est-ce que l'armée nettoie derrière elle ou elle laisse les épaves se faire recouvrir par le sable ? s'enquit Cade.

— Je ne sais pas. J'imagine que mon téléphone a dû exploser mais si ce n'était pas le cas, je serais content de le récupérer.

— Pourquoi ? Après tout ce temps, il serait sacrément endommagé, le sable, c'est redoutable pour l'électronique.

— J'avais pris beaucoup de photos de nous huit, fit Erick à mi-voix, dans tous mes cauchemars, je vois un téléphone qui vole en éclat à l'intérieur de la cabine. Je ne peux pas m'empêcher de me dire que l'assassin, qui qu'il soit, ou celui qui nous a trahis, a toujours son téléphone à l'intérieur si c'était quelqu'un de notre unité.

Ils le dévisagèrent avant de s'adosser à nouveau dans leur chaise.

— Merde, jura Cade qui tenait si fort la tasse que ses jointures blanchissaient.

Erick était presque désolé d'avoir à mettre ça sur le tapis mais il fallait le dire.

— J'imagine qu'il y aurait potentiellement d'autres équipements personnels, fit Talon.

— Je présume qu'après tout ce temps, le camion a dû être pillé par les charognards, qu'il s'agisse d'humains ou d'animaux et que tout ce qu'il doit en rester, c'est une pile de métal broyé. Mais j'ai un syndrome de choc post-traumatique à cause de l'accident, et je pense que ça me ferait du bien si je savais ce qu'il en restait, expliqua calmement

Erick.

— Dans ce cas, on va le localiser et voir ce que l'on peut trouver, dit Cade en hochant la tête.

— Si on peut faire quoi que ce soit pour réduire ça, je suis d'attaque. Mais s'il reste quelque chose dans le désert, tu sais aussi que le désert aura fait tout son possible pour le récupérer, Talon acquiesça.

— Ce n'est pas tant la température que le sable qui est impitoyable mais je comprends ce que tu veux dire, fit Erick qui, en y pensant, ajouta des pelles à leur liste, se disant que ça ne ferait pas de mal d'avoir l'équipement si cela s'avérait nécessaire. Juste au cas où.

Peu après, ils furent servis et le silence s'installa à table alors que les hommes s'affairaient à manger.

Dans la tête d'Erick tourbillonnaient ses espoirs et ses questions. Il savait que l'issue de ce voyage pouvait tout aussi bien les aider à tourner la page que de les laisser avec encore davantage de questions. Le problème apparemment sans fin : une question amenait toujours une autre question qui en entraînait une autre. Quand les réponses arrivaient au compte-gouttes, il fallait une éternité pour pouvoir envisager l'ensemble et, bien souvent, si peu d'informations ne suffisaient pas à avoir une piste décente. Ce qu'il ne voulait pas, c'était partir sans avoir eu de réponse. Le voyage en Angleterre avait eu son intérêt et leur avait fourni l'enregistrement audio venant de l'intérieur du véhicule qui les avait amenés ici.

— Il faut que j'envoie un texto à Badger et que je sache s'il a pu apprendre ce qui s'est passé à l'intérieur du véhicule.

— Appelle-le plutôt, le pressa Cade.

Après avoir fini son burger, Erick prit son téléphone, se rinça la bouche avec une grande gorgée d'eau puis téléphona à Badger. Lorsque son ami décrocha, il posa sa question :

— Est-ce que tu peux savoir ce qu'il est advenu de notre camion ? Est-ce qu'il a été ramené à l'un des camps ?

— Rien n'a été rapporté, il n'en restait pas assez pour qu'ils s'en soucient.

Silence.

— D'accord.

— Si tu n'as rien d'autre à ajouter… fit Badger.

Erick l'empêcha de raccrocher.

— Badger ? Comment vas-tu ?

De l'autre côté de la ligne, il y eut un moment de silence avant que Badger réponde.

— L'opération est prévue dans deux semaines mais je suis censé éviter de m'appuyer sur ma jambe jusque-là pour réduire le gonflement.

Erick voulut siffler de surprise. Pour que l'opération soit programmée aussi rapidement, cela voulait dire que la jambe était en sale état.

— Très bien. Tu sais que c'est nécessaire, fit Erick sur un ton calme et confiant.

— Je sais que c'est nécessaire, mais il n'y a aucune garantie d'amélioration. À dire vrai, ça pourrait même empirer…

— Ils vont faire de leur mieux pour toi, mec, répondit Erick en grimaçant.

— Et j'espère que ça suffira, fit Badger qui raccrocha sur ces paroles.

Erick rangea son téléphone et mangea la salade qui accompagnait son burger. Les deux autres le regardèrent en haussant les sourcils.

— Il repasse sur le billard dans deux semaines.

Ils grimacèrent. Ils avaient tous eu leur lot d'opérations pour en arriver là où ils en étaient à présent et savaient que

Badger n'était pas particulièrement enthousiaste à l'idée d'être opéré, aucun d'entre eux ne le serait à dire vrai. Il y avait bien des choses que l'on essayait d'éviter, les opérations en faisaient partie.

HONEY SE SAISIT de sa tasse de café et en but une gorgée. Au moment où les hommes étaient sortis pour s'installer sur la terrasse non loin de sa table, elle était restée incrédule. Seulement, ils ne l'avaient pas remarquée immédiatement, à en croire le regard stupéfait de l'homme. C'était rude. Elle avait autant le droit que lui d'être là. C'est vrai qu'elle avait percuté sa voiture un an auparavant, mais les accidents de voiture, il y en a tous les jours. Oui, elle avait été en tort. Oui, son assurance avait payé pour lui comme pour elle. Elle s'était excusée. Que pouvait-elle faire de plus ? Elle n'aurait pas dû conduire ce jour-là. Mais on apprend de nos erreurs tous les jours. Quand votre vie vole en éclats, il est plus simple de rester au bureau plutôt que de fuir. Cela dit, même à elle il arrivait d'oublier les fondamentaux de la sécurité. Tandis qu'elle mangeait son riz et sa viande, elle entendit des fragments de la conversation des hommes. Une histoire de véhicule qui pouvait être presque en pièces détachées. Elle ignorait leur profession, mais il y avait quelque chose de militaire en eux. Au moment de l'accident, il était déjà blessé et semblait être en convalescence. Il lui manquait la partie inférieure de la jambe.

Et il avait eu l'air de souffrir le martyre. Elle avait été horrifiée à l'époque, s'imaginant que c'était sa faute mais elle s'était rapidement rendu compte que c'était une vieille blessure et qu'il était probablement en train de se remettre d'une opération parmi d'autres. Honey était dentiste et voyait défiler un certain nombre de patients dans son cabinet et le plus souvent ses patients étaient en bonne santé mais il arrivait qu'elle ait à faire des fractures des mandibules.

La première interaction qu'Erick avait eue avec Honey au moment de l'accident avait été particulièrement pénible. Elle n'avait pas duré longtemps mais l'impression qu'elle avait laissée était plutôt tenace. C'était aussi le seul accident de voiture dans lequel elle ait été impliquée. Elle n'était pas certaine de savoir pourquoi il conduisait, mais le véhicule avait clairement été modifié pour lui. Quelle était la probabilité de le rencontrer ici ? C'était une énorme coïncidence. Elle était là pour son premier séminaire sur la chirurgie de pointe de la partie supérieure des mandibules et l'état des recherches sur les cellules souches dans la formation de la pulpe dentaire. Ce n'était pas un endroit habituel pour ce genre de séminaire mais le chirurgien était Afghan et voyageait peu alors ceux qui voulaient profiter de ses connaissances venaient jusqu'à lui.

Elle l'avait rencontré des années auparavant lorsqu'il avait été conférencier invité à une conférence professionnelle à New York. Il avait été merveilleux, tout comme son associé et gérant à l'époque, David. Elle était restée en contact avec lui et c'était lui qui organisait cette conférence exceptionnelle à Kaboul, il était dentiste lui aussi.

Elle avait posé sa candidature à plusieurs reprises et n'avait jamais été sélectionnée. Quand elle était encore débutante, elle s'était fait une raison mais avait pourtant continué d'essayer. David lui avait dit que dès qu'il lui serait possible, il essayerait de lui trouver une place. Toutefois, comme ses qualifications et son expérience n'étaient pas au niveau des autres candidats, il s'était senti obligé d'accepter leurs candidatures en priorité. Mais, au fil du temps, leur relation amicale s'était considérablement réchauffée. Et puis la veille, il l'avait appelée.

La délectation avait rapidement pris le pas sur le choc initial lorsqu'il avait expliqué qu'il avait eu un désistement et que personne d'autre sur sa liste d'attente ne pouvait faire le voyage en ayant si peu de temps pour s'organiser mais que si elle voulait…

Bien sûr, il n'y avait pas eu que ça. Elle parlait depuis des années de sa passion pour les technologies de pointe, du travail de conceptrice de prothèse de son amie Kat Greenwald et de sa propre envie d'aller de l'avant et seulement d'en faire plus.

Quand il lui avait proposé la place libre, il lui avait demandé si elle venait seule et elle avait plaisanté, disant qu'il n'y avait pas assez de temps pour que quelqu'un d'autre vienne avec elle. Il avait ri et dit qu'il prendrait bien soin d'elle et qu'il avait hâte de la revoir.

Elle s'était inquiétée du coût, le séminaire serait plus onéreux comme elle n'avait pas pu profiter des avantages d'une inscription anticipée, les vols étaient plus chers à la dernière minute et il n'y aurait certainement plus de chambres à bas prix à l'hôtel. Mais David lui avait assuré qu'il arrangerait tout. Elle payerait la caution et ils discuteraient du reste une fois qu'elle serait sur place.

C'était tout David, généreux et amical.

Elle avait presque crié de joie quand elle avait raccroché mais elle avait tant à faire qu'elle n'avait pas de temps à perdre en démontrant théâtralement sa joie.

Mais, à présent, elle se demandait pourquoi lui était là. Elle se creusa la tête pour se souvenir de son prénom. Erick. Elle ne connaissait aucun des deux hommes mais vit que l'un d'eux, Cade, avait une main artificielle. Peut-être faisaient-ils partie d'un groupe de personnes appareillées ou ils étaient des camarades de lutte qui affrontaient ensemble la vie après un gros traumatisme ou une blessure physique. Mais dans un cas comme dans l'autre, ça ne la regardait pas.

Si ce n'est que de penser à des prothèses la fit penser à Kat. Ses affaires se portaient à merveille. Elle peinait même à faire face à la demande. Est-ce que ces hommes la connaissaient ?

Honey ne put s'empêcher de tourner le regard dans leur direction pour savoir de quoi il en retournait. Au moment de l'accident, elle ne s'était pas rendu compte à quel point Erick était beau. À ce moment-là, elle était dans une confusion émotionnelle terrible et lui était en état de choc. Mais à présent, il était apparemment suffisamment remis de ses blessures pour pouvoir voyager. Il y avait une énergie qui émanait de lui, d'eux trois même. De la détermination. De la résolution. Comme si on venait de leur donner un regain de vie. Un espoir, dans un certain sens. Elle considéra l'idée qu'ils devaient être là pour un séminaire ou du moins essayer de nouvelles procédures médicales qui faciliteraient leurs vies.

— Excusez-moi mais souhaitez-vous reprendre du café ?

Honey releva la tête, vit la serveuse et sourit. Cafetière à la main, la serveuse attendait.

— Merci, j'en reprendrai bien une tasse, accepta-t-elle.

La serveuse remplit sa tasse d'un liquide épais et dense qui était plus fort que ce à quoi Honey était habituée et laissa sur la table de la crème et du sucre. D'ordinaire, Honey prenait son café noir mais, cette fois-ci, elle ajouta de la crème car il fallait en ajouter un petit peu pour qu'elle puisse s'habituer à la version afghane de sa boisson de choix.

Elle changea de position, repoussa son ordinateur sur le

côté et passa en revue les notes qu'elle avait prises durant le séminaire, relevant les questions qu'elle voulait poser. Elle avait encore du mal à s'habituer à son changement d'emploi du temps. Elle avait manqué la réunion d'ouverture du séminaire la veille au soir mais faisait son possible pour se rattraper.

David s'était immédiatement attachée à elle à son arrivée. Elle s'était demandé comment il l'avait reconnue après toutes ces années mais il y avait sa photo sur le site de la clinique dentaire où elle travaillait, bien que la photo ne soit pas bien ressemblante. Ceci dit, il était assez logique qu'il connaisse de vue les participants du séminaire. Si son accueil avait été un peu trop chaleureux pour elle, elle s'était dit que c'est parce qu'elle était une personne un peu distante et qu'il y avait aussi la différence de culture. Elle n'avait fréquenté personne depuis plus d'un an et ne cherchait pas à fréquenter qui que ce soit dans l'immédiat. Pas plus qu'elle ne voulait entacher les quelques jours qu'elle allait passer ici en pensant à ça. Et puis, c'était vraiment agréable de se sentir accueillie.

Tant d'informations avaient déjà été abordées qu'elle avait l'impression de perdre pied. Les autres participants avaient davantage d'expérience et étaient plus qualifiés. Elle était entourée par des pointures de la profession, c'était un peu intimidant.

C'était le problème avec les séminaires. Elle était abreuvée par tellement d'informations qui semblaient tout à fait logiques quand elle y était, que, dès qu'elle sortait et essayait de suivre l'aspect technique de ce qu'elle avait apparemment appris, son esprit était envahi par les questions. Elle avait enregistré plusieurs des sessions avec l'accord des conférenciers et savait qu'il faudrait qu'elle transcrive ses notes après coup.

On avait parlé de choses fascinantes. L'utilisation des

cellules souches pour remédier aux caries était encourageante. D'ici une dizaine ou une vingtaine d'années, on n'aurait plus à s'en soucier parce que les dentistes auront les outils pour stimuler la pulpe dentaire et la faire repousser.

Ça paraissait tout droit sorti d'un film de science-fiction mais c'était le genre de choses qui faisait rêver les dentistes. Elle aurait dû s'inquiéter pour l'avenir de sa profession, pourtant elle était sereine. Aucun dentiste n'aurait dû se sentir menacé parce qu'il faudrait encore dix, vingt, trente ou peut-être même quarante ans avant que l'usage de cette technique ne se généralise. La génération suivante redéfinirait leur métier qui ne consisterait plus à obturer des caries, arracher des dents ou faire des plombages. Mais le blanchiment des dents et l'orthodontie resteraient toujours à l'ordre du jour et, évidemment, il y aurait toujours besoin de chirurgiens-dentistes sur le terrain.

Elle referma son ordinateur, se trémoussa légèrement et regarda Erick du coin de l'œil, encore stupéfaite de le revoir, ici plus encore qu'ailleurs.

Une fois de plus, elle les entendit chuchoter. Il y avait quelque chose de bizarre dans leur comportement, presque mystérieux. Elle se demandait ce qu'ils mijotaient et ne put s'empêcher de sortir son téléphone, donnant l'impression qu'elle faisait un selfie et prit une photo de l'homme qui se tenait derrière elle.

Au moment où elle baissa la tête pour regarder le cliché, l'un des hommes se leva et se rapprocha d'elle. Elle grimaça, fit glisser la photo puis verrouilla son téléphone qu'elle posa sur la table.

— Est-ce que tu viens de nous prendre en photo ?

Elle releva la tête, surprise de voir Erick.

— J'ai pris une photo de moi, reprit-elle en le regardant, impassible, mais ça ne marchait pas avec lui. Il saisit une chaise et s'assit à côté d'elle.

— Supprime-la, s'il te plaît !

Elle fronça les sourcils.

— Quoi ?

— La photo que tu viens de prendre.

Honey le regarda avec dégoût, déverrouilla son téléphone, alla jusqu'à la galerie et lui montra la photo qu'elle venait de prendre. Il tendit le bras et appuya sur le bouton pour la supprimer. La photo s'était volatilisée et il se leva.

— Ne prends aucune photo de nous ici.

— J'ai cru comprendre que vous étiez très occupés à garder quelque chose secret mais ce n'est qu'une photo hein…

Le regard assassin d'Erick lorsqu'il atteignit son visage n'avait rien de doux.

— Tu ne sais pas pourquoi nous sommes ici et quelles pourraient être les conséquences de tes actes. Il serait mieux pour tout le monde, et en particulier pour toi, si tu t'assurais de n'avoir aucun contact avec nous, la mit-il en garde avant de retourner à sa table.

La confrontation n'avait rien eu de violent mais il y avait quelque chose d'incisif qui lui fit ranger son téléphone, les mains tremblantes, et regrouper le reste de ses affaires. Elle laissa sur la table sa tasse de café sans la boire et rentra pour payer son repas.

Elle ne savait pas ce qui se passait mais il se tramait sûrement quelque chose. Et peut-être qu'il avait raison. Peut-être que ce serait bien mieux qu'elle garde ses distances. Mais ce serait perturbant et aussi vraiment dommage. Parce que le gars lui plaisait beaucoup physiquement. Et sans aucun doute, il y avait une certaine alchimie entre eux parce que l'opposée de la colère, c'est la passion. Mais le danger ne l'attirait pas.

CHAPITRE 2

HONEY RENTRA, PAYA son repas et se dirigea vers le lobby. L'hôtel était bien conçu et disposait de plusieurs petits espaces où l'on pouvait s'asseoir. Elle s'installa en attendant la reprise du séminaire, regardant les gens passer. Elle s'assit de façon à pouvoir garder un œil sur les portes de la salle où se tenait le séminaire pour être prête dès leur réouverture et elle avait amené son ordinateur pour continuer de prendre ses notes.

Peut-être que c'était vraiment par hasard ou un mauvais timing mais, lorsqu'elle releva la tête, elle vit un homme qui s'éloignait, sa démarche souple et assurée et pourtant si étrange que cela ne manqua pas d'attirer son attention.

Elle hésita, se demandant si elle devait se lever pour le suivre et voir ce qu'il mijotait. Ou alors ce n'était que le fruit de son imagination. Elle regarda son ordinateur, perplexe. Non loin de là se trouvaient les toilettes pour dames. Et, curieuse malgré elle, elle rangea son ordinateur et se dirigea dans leur direction. Aucun signe de l'homme qu'elle avait aperçu. C'était de plus en plus étrange.

Elle entra dans les toilettes, se lava les mains et le visage, se brossa les cheveux, et, lorsqu'elle sortit, prit un moment pour regarder à sa gauche et à sa droite dans le couloir. Il y avait plusieurs portes mais Honey ignorait sur quoi elles ouvraient. Probablement des salles de réunion plus petites.

Mais alors, pourquoi l'homme avait-il eu l'air de rôder ? Pourquoi ne pas marcher naturellement ? En admettant qu'il ne veuille pas être vu, marcher naturellement aurait moins attiré l'attention.

Avec circonspection, elle se décida à retrouver Erick et ses deux amis qui se trouvaient dans le lobby eux aussi. Elle se souciait plus d'eux qu'elle ne voulait se l'admettre. Ravie d'être là mais un peu moins en sachant qu'Erick était là lui aussi. Et pourtant, elle ne pouvait pas s'empêcher de se dire pour une raison inexplicable qu'il était la personne à qui elle pourrait parler de l'homme qu'elle venait d'apercevoir. Il fallait qu'elle consulte parce que si elle était venue à le considérer comme amical… Mais c'est à ce moment qu'Erick se retourna et la vit. Il fronça les sourcils. Elle aussi.

Honey se dirigea vers lui et à mi-voix l'informa :

— Ça doit être parce que vous êtes là, mais je te jure que j'ai vu quelqu'un rôder dans le coin, fit-elle en pointant du doigt l'endroit, si je ne vous avais pas vu tous les trois, je n'aurais pas relevé, mais maintenant que je sais que vous êtes là, j'ai l'impression que chaque fois que je me retourne, il se passe quelque chose de suspicieux.

Elle allait se rasseoir mais il saisit son bras avec douceur et l'attira à lui et les deux hommes se volatilisèrent. Elle tenta de voir où ils allaient mais il lui dit d'arrêter. Surprise, elle se retourna pour lui faire face.

— Arrêter quoi ? demanda Honey.

— De regarder dans cette direction. On ne regarde pas un rôdeur, on l'ignore.

— Il y a assez d'histoires abominables qui impliquent des connards qui entrent dans des hôtels et qui tirent sur tout le monde, qui viennent poser des bombes et prennent des otages. Pourquoi ignorerais-je quelque chose qui pourrait annoncer ce genre d'événement ? protesta-t-elle en haussant les sourcils et secouant ses longs cheveux.

— En ce moment même, il le faut, parce qu'on ne veut pas attirer l'attention sur lui.

— Tu veux qu'il soit là ? demanda-t-elle en ouvrant grand la bouche de surprise.

Il la regarda durement.

— J'espère que c'est ton imagination mais j'ai passé trop de temps dans l'armée pour ignorer quelque chose comme ça.

— J'avais raison, tu étais dans l'armée.

Erick eut l'air curieux.

— Tu pensais à moi ? Je crois que ça me plaît bien, commenta-t-il d'une voix soudainement douce, beaucoup trop douce.

Elle recula, elle avait déjà tendance à être un peu trop sensible à son charme. Pas qu'elle en ait vu beaucoup et puis, elle s'était promis de renoncer aux hommes ces derniers temps. En particulier les hommes dangereux qui pouvaient charmer une femme au son de leur voix uniquement.

— Non, du moins pas en pensant du bien. Mais maintenant, si ça ne te dérange pas, j'aimerais bien me rasseoir, j'ai un séminaire cet après-midi et je voudrais pouvoir relire mes notes, fit-elle avec un petit sourire pincé.

Puis elle comprit. Sa réaction tardive avait été l'effet de son toucher. Il était beaucoup trop séduisant. Elle se rapprocha d'un pas et baissa d'un ton.

— Est-ce qu'il se trame quelque chose à l'hôtel en ce moment ?

Il fit signe que non. Honey plissa les yeux, se demandant si elle pouvait lui faire confiance. Que savait-elle vraiment de lui ? Rien du tout. Elle s'éloigna de nouveau.

— Je ne te crois pas.

Ce fut à ce moment qu'elle entendit une sonnerie en provenance de la salle de réunion et lui adressa un sourire qui n'en était pas un.

— C'est ton jour de chance, il faut que je parte.

— Si tu entends quoi que ce soit d'inhabituel, reste dans la pièce et cache-toi. Je ne m'attends pas à ce qu'il se produise quoi que ce soit mais, toi et moi, on sait où nous sommes. Il peut se passer des choses sans qu'on les voie venir, fit-il à mi-voix.

Elle le gratifia d'un regard fermé puis franchit rapidement les doubles portes et, au moment où elle entra, elle prit le temps de parcourir du regard la vaste pièce pratiquement déserte. Il ne devait y avoir à présent qu'une soixantaine de personnes dans la salle quand elle s'était attendue à ce que tout le monde soit présent pour la session de l'après-midi, il y aurait dû avoir des centaines de participants. Perplexe, elle s'assit au fond de la salle. D'où elle était, elle pouvait voir la porte et le devant de la salle. Ce n'était pas sa place habituelle mais quelque chose dans l'avertissement d'Erick lui avait fait choisir de s'installer à un endroit où elle pourrait voir tout ce qui se passait.

En s'installant, elle vit entrer quelques personnes à qui elle sourit.

— Contente de vous voir, j'ai eu peur de m'être trompée de salle… fit-elle.

— Tout le monde est au bar, rirent-ils, ce qui la fit se détendre.

— Alors c'est là que tout le monde était… je suis remontée dans ma chambre au moment de la pause-déjeuner et quand je suis redescendue, plus personne n'était là.

— J'en suis désolée, tu aurais pu déjeuner avec nous, je

t'ai bien cherchée mais aucune trace de toi, j'ai eu peur que tu aies trouvé quelque chose de plus divertissant que notre séminaire. Je t'ai vu plusieurs fois avec un autre groupe d'Américains, je suis content pour toi, dit David en se rapprochant avec un large sourire et, une fois tout près d'elle, il poursuivit et son sourire devint beaucoup plus charmeur.

— Et je me serais bien joint à votre groupe si j'avais su où vous étiez, admit-elle sur un ton léger en ignorant le reste de ses commentaires.

Un autre groupe arriva à la suite du premier. Il était évident qu'ils avaient bu quelques verres, les gens semblaient de bonne humeur et arboraient de larges sourires, certains même avaient les joues rosées. Honey se détendit encore davantage. Rien de sinistre ne se tramait ici. Voir Erick l'avait mise sur ses gardes. Déterminée à passer un bon moment, elle se concentra sur ce qui comptait vraiment alors que le professeur et les conférenciers revenaient et s'installaient devant. Parce que tout le monde semblait s'amasser aux premiers rangs, elle se leva pour les rejoindre. Elle était venue là avec un but précis et il était hors de question qu'elle passe à côté de ce qu'elle allait apprendre ce jour-là. Au diable, Erick. Quoi qu'il mijote, il pouvait faire ça loin d'elle.

Et elle se concentra sur les conférenciers.

ERICK SE TENAIT les bras croisés au centre du lobby, figure dominante alors qu'il parcourait du regard les couloirs à sa droite et à sa gauche. L'un de ses amis était parti d'un côté et l'autre dans la direction opposée. Il savait exactement où Honey était assise et savait à quel moment elle s'était levée et s'était rapprochée du reste du groupe à l'avant de la salle. Il avait aussi vu un homme passer un bras possessif sur ses épaules avec une certaine familiarité. Et il avait remarqué qu'elle ne s'était pas retirée. Mais elle ne s'était pas rapprochée non plus. À travers les doubles portes, il en voyait juste assez pour voir là où elle s'était installée.

Il comprit aussi pourquoi mais c'était agaçant. Cela voulait dire qu'elle ne l'écoutait pas. Mais s'il ne s'attendait pas à ce qu'il y ait un problème à l'hôtel, son instinct lui rappelait que les problèmes avaient tendance à venir à lui. Il aurait bien voulu voir ce qu'elle avait vu mais il n'y avait pas de raison de croire que c'était lié à leur mission. Mais après ce qui s'était passé en Angleterre… il attendit que ses amis viennent au rapport, ses sens en alerte maximale. Cade le rejoignit d'un pas tranquille.

— Rien à signaler, fit-il à mi-voix.

Erick ne réagit pas à ce qu'il venait de dire, il devait attendre que Talon revienne en lui disant la même chose. Talon qui entra par les portes principales de l'hôtel au même moment, il salua les deux hommes d'un mouvement de tête et les rejoignit.

— Je n'ai vu personne à l'intérieur mais, par contre, j'ai vu quelqu'un se précipiter vers un véhicule sur le parking puis décoller à toute allure… raconta-t-il.

— Mais impossible de savoir de qui il s'agit, pas vrai ? fit Erick en grimaçant.

Talon acquiesça.

— C'est ça, mais ça pourrait être simplement une coïncidence.

Les trois hommes se regardèrent. Ils savaient tous que les coïncidences n'existaient pas.

Erick jeta un œil à sa montre.

— C'est l'heure pour nous de partir.

Ils sortirent par la porte latérale et débouchèrent sur le parking où les attendait leur véhicule de location.

— C'est moi qui conduis, fit Talon.

Erick s'installa sur le siège passager et Cade monta à l'arrière.

— Il devrait nous falloir une bonne quinzaine de minutes pour sortir de la ville et après bien vingt minutes de trajet, expliqua Talon. Erick ne dit rien parce qu'il ne pouvait s'empêcher de penser à l'homme qui rôdait à l'hôtel. Ne s'était-il pas rendu compte qu'Honey le remarquerait ? Il avait vu l'affiche qui annonçait le séminaire un peu plus tôt dans la journée et s'était rendu compte que c'était destiné à des dentistes. Une année entière s'était écoulée sans qu'il ne se demande une seule fois quel était son métier. Elle avait eu l'air très secouée après avoir percuté sa voiture. Mais à l'époque, lui non plus n'était pas en très grande forme.

À dire vrai, c'était la première fois qu'il rentrait chez lui après son séjour à l'hôpital, il avait lourdement insisté auprès des médecins pour le laisser essayer de rentrer chez lui. Ç'avait été beaucoup plus difficile que ce à quoi il s'était attendu et l'accident n'avait fait qu'accroître son impression.

Il secoua la tête et se concentra à nouveau sur ce qui l'entourait. Ce n'était pas un endroit pour se mettre à rêvasser.

— Ça n'a pas l'air d'avoir changé depuis la dernière fois…

— Ça grouille toujours de monde, il fait toujours aussi chaud et il y a toujours autant de poussière, ajouta Cade depuis le siège arrière.

— Tu n'as pas tort, mais c'est une ville. Les gens diraient la même chose du centre de New York, rit Erick.

— Seulement, le centre de New York est très sombre parce que les tours sont très hautes, que tout le monde est habillé en noir et que personne ne sourit, ajouta Talon avec un sourire.

Lui aussi avait raison.

En un quart d'heure, ils étaient sortis de la ville. Erick jeta un œil au GPS sur son téléphone et les informa qu'ils étaient environ à mi-parcours. Après ça, le trajet se passa dans le silence jusqu'au moment où Talon tourna à plusieurs reprises et finit par se garer devant une maison entourée d'une vieille palissade en bois. La maison était encadrée par deux autres maisons qui semblaient plus misérables et, plutôt que de se garer dans l'allée, Talon s'était garé sur le bas-côté. Erick descendit du véhicule et regarda les environs. Pas grand-chose à voir ici, si ce n'est de la poussière et de la terre battue. Il n'y avait pas de route goudronnée : les bienfaits de la civilisation n'étaient pas venus jusque-là. L'allée était clôturée par un portail et il savait que c'était volontaire. Il envoya un texto à son contact pour l'avertir de leur arrivée.

Quelques minutes plus tard, un homme sortit de la maison, descendit l'allée, des chiens aboyant sur ses talons, et il ouvrit le portail. Après un regard pour la Jeep, l'homme leur dit de la rentrer dans la cour. Talon s'en étonna d'un haussement de sourcils mais ne contesta pas. Il remonta l'allée en marche arrière jusqu'à être pratiquement contre la maison et, une fois qu'Erick et Cade furent rentrés dans la cour, l'homme referma à clé le portail derrière eux. L'homme resta silencieux mais se dirigea vers ce qui ressemblait à un vaste atelier à côté de la maison. Ils le suivirent dans ce qui était en fait un arsenal dont l'armée n'aurait pas eu à rougir.

Talon regarda Erick avec surprise et ce dernier se contenta de hocher la tête. Ils ne s'étaient pas attendus à avoir beaucoup de choix. Ils récupèrent les armes qu'ils avaient commandées et en prirent quelques autres qu'ils rangèrent à l'arrière de la Jeep. C'était un modèle décapotable mais à cause du sable à l'endroit où ils allaient aller, ils avaient préféré laisser la capote relevée.

Erick rangea dans la poche arrière de son jean le pistolet dont il avait besoin.

— Est-ce que vous prenez des commandes pour des articles spécifiques ? demanda-t-il alors qu'il était en train de payer.

— Tout dépend si je peux vous l'obtenir. Si c'est le cas, oui, répondit l'homme qui n'avait pratiquement rien dit depuis leur arrivée.

— Des mines antichars ? s'enquit calmement Erick.

Ses amis se figèrent. Le marchand releva la tête et haussa les épaules.

— Bien sûr, il suffit d'avoir l'argent, acquiesça-t-il, mais pourquoi on pourrait en vouloir, ça m'échappe. Il faut les enterrer et c'est beaucoup de boulot...

— Les enterrer à quelle profondeur ? continua de se renseigner Erick.

— C'est sensible à la pression alors c'est au plus près du sol qu'elles explosent le plus facilement. Si vous voulez que ça touche une voiture, c'est à quelques centimètres de la surface qu'il faut les enfouir, pour des gens, c'est pratiquement à même la surface mais pour un gros camion, il faut qu'elle soit bien enfouie de façon à ce qu'un autre véhicule ne la fasse pas sauter, expliqua le dealer.

Erick comprit le fonctionnement théorique de l'engin.

— Juste à titre d'estimation, combien coûte une seule mine ?

— Si peu ? s'étonna Erick après que le marchand eut

donné son prix.

— Si peu pour vous, vous êtes Américains, mais pour les gens du pays, c'est une fortune, fit le marchand en riant.

Talon était au fond de l'entrepôt et regardait les munitions dont ils auraient besoin.

— Vous en avez vendu dernièrement ?

— Dans toute ma carrière, je n'en ai vendu que deux, c'est pas donné si vous vous en souvenez, gloussa l'homme.

— Il y a combien de temps de ça ? demanda Erick sur un ton léger.

Il attendit la réponse, sachant que ses amis faisaient de leur mieux pour se comporter naturellement mais qu'ils voulaient tous savoir autant que lui.

— Il doit y avoir environ deux ans. J'ai vendu les deux au même mec, répondit le marchand.

Erick expira lentement.

— Et ça coûte combien pour savoir qui ?

Le marchand se retourna pour le regarder et plissa les yeux.

— Très cher. C'est un habitué et je ne veux vraiment pas qu'il arrête de faire affaire avec moi.

Erick hocha la tête, pensif.

— Une idée de ce qu'il a pu en faire ?

— Faire sauter un tank, j'imagine, il a acheté la première il y a à peu près deux ans et demi, pour tester quelque chose, puis la seconde environ six mois après. Vous retournez les armes sous vingt-quatre ou quarante-huit heures ? demanda-t-il en secouant la tête et se dirigeant vers un autre mur pour contempler les armes qui s'y trouvaient.

— Est-ce que ça fait une différence ? Et l'acheteur, est-ce qu'il est venu les chercher lui-même ?

Le marchand se retourna et fit signe de tête que non.

— Seulement une différence dans mes tarifs de location. Et non, il avait envoyé un de ses gars pour venir les chercher.

— Alors, comment vous savez que c'était le même acheteur ?

— Parce que cet acheteur n'entre jamais dans ma boutique. Je ne l'ai jamais vu. Je ne connais même pas son nouveau nom mais il paye toujours. Il gère une grande zone et personne ne l'énerve. Du moins pas deux fois.

— Mais vous lui connaissez un nom ?

— J'ai dû l'entendre une ou deux fois et je le tairais si je veux rester en vie, fit le marchand en haussant les épaules, puis, pointant du doigt l'équipement d'Erick, lui demanda si c'était tout ou s'il avait besoin d'autre chose.

— Si je pense à autre chose, on vous recontactera, on devrait être rapidement de retour, dit Erick avec un dernier regard pour les armes.

Le marchand acquiesça.

Les trois hommes sautèrent dans le véhicule, Talon une nouvelle fois au volant. Ils attendirent en silence que le marchand ouvre le portail et les laisse sortir. Dès qu'ils arrivèrent sur la route, ils se mirent à parler tous en même temps.

— Je crois vraiment que c'est le même gars, fit Talon.

— Merde, je ne peux pas y croire, ajouta Cade.

Erick prit le dessus dans leur échange.

— Ça pourrait très bien être une coïncidence mais je sais que là-dessus, vous êtes du même avis que moi.

— On vient juste d'acheter des armes au connard qui a vendu la mine antichar qui nous a tous fait sauter, quelqu'un d'autre voit l'ironie de la chose ? remarqua Cade

— Je ne vois pas l'ironie mais j'enrage, dit Erick sur un ton cassant, j'ai envie d'y retourner et de lui exploser la gueule.

— On ne peut pas faire ça mais on va se servir de lui. Il a un lien avec le gars qui a acheté la mine. On ne peut pas être certains qu'il ne l'a pas acheté pour quelqu'un d'autre. Qui nous dit que c'est l'acheteur qui l'a utilisée ? Mais il y a un lien, un sacré lien, admit Talon.

— Nous ne pouvons pas non plus être certains que la mine que ce gars a vendue est celle qui a fait sauter notre véhicule. On n'a pas assez de recul. On va prendre nos distances et se calmer, fit Cade depuis l'arrière.

Et, sur ces paroles, le silence emplit l'habitacle.

Erick devait admettre que Cade avait raison et il finit par rompre le silence.

— Vous savez que même si ça me fait chier de penser que ce genre d'armes est accessible à tous, il faut être spécialiste des engins explosifs improvisés pour savoir utiliser une mine à déclenchement par pression. On en sait déjà plus que ce que l'on croyait pouvoir apprendre alors on n'a pas perdu de temps. Et on est là que depuis ce matin.

— Sans oublier que l'on pourrait encore en apprendre et que je commence à croire que l'on a affaire à quelque chose d'un peu plus gros que ce à quoi on s'attendait.

— Non. Ça n'a pas changé mais soyons seulement sûrs de ne pas foncer tête baissée. On est là pour quelques jours, alors si on peut trouver l'acheteur, c'est encore mieux mais il faut qu'on fasse ça sans que notre marchand le sache.

— Je pourrais peut-être être utile de ce côté-là. J'ai posé un mouchard, fit Erick.

Talon cessa un instant de regarder la route pour le dévisager.

— Tu as fait quoi ?

Erick le regarda.

— J'en ai amené plusieurs avec moi et j'en ai posé un dans son atelier, ou plutôt son arsenal…

— Bien joué ! Et où est le récepteur ? fit Talon avec un petit sourire.

— À l'hôtel, malheureusement. Comme j'étais pas sûr qu'on ait du réseau dans les parages.

— Ce n'est pas un problème tant que tu as l'enregistrement vidéo…

— Je n'aurai que l'audio, pas possible pour moi d'enregistrer des vidéos mais tout s'archive sur mon ordinateur portable dans ma chambre.

— Tu n'allais pas nous le dire ? demanda Cade.

— C'était sur un coup de tête. Dès que je me suis rendu compte qu'il avait pu fournir la personne qui nous a fait sauter, je me suis dit que l'on ne pouvait pas se priver des renseignements. C'était vraiment par hasard que je les ai amenés mais sitôt que j'ai vu le marchand…

— Bien pensé ! C'est dommage qu'on n'en ait pas une dizaine à disposition, approuva Cade.

— J'ai envisagé de lui demander s'il en avait pendant qu'on y était mais je ne voulais pas le rendre méfiant, admit Erick.

— Je doute qu'il en ait, il a pas l'air d'être dans l'électronique, ça doit le dépasser un peu, mais par contre les armes de destruction massive, fit Talon sur un ton dur.

— C'est l'une des raisons pour lesquelles j'ai posé un mouchard. Ce que je ne sais pas, c'est si on arrivera à entendre quoi que ce soit ou si ce sera trop loin ?

— Ça dépend lesquels, répondit Talon.

— Ce sont les nouveaux modèles, expliqua Erick, c'est Badger qui s'est équipé quand il a commencé à faire des projets pour revenir ici. Il les a eus chez Levi il y a un mois ou deux. N'oubliez pas que Badger y pense depuis un moment alors ces mouchards, c'est la technologie de pointe de l'armée.

— Alors dans ces conditions… Le marchand n'est pas si loin de la ville mais parce qu'il n'y a pas de route, le trajet a été beaucoup plus long pour nous, assura Cade.

— Je pense tout de même que les mouchards ne tiendront pas le coup mais il fallait que je tente le coup, fit Erick en se retournant pour contempler la campagne dégagée et déserte qui les entourait.

— C'est pas grave mais il faut juste qu'on soit assez souples dans nos projets si jamais on a une ouverture, répondit Cade.

— Il le faudra. Si ça marche, c'est bien et si ça ne marche pas, on pourra toujours en poser un deuxième quand on rend les armes.

— Et c'était ça le projet initial ? Qu'est-ce qui a changé ? demanda Cade depuis la banquette arrière.

— Honey. Quand elle a dit qu'elle a cru voir quelqu'un rôder dans le lobby principal de l'hôtel. Nous avons des armes mais nous n'avons rien pour les ranger. On les démonte et on les ramène à la chambre d'hôtel dans un sac ou roulés dans nos vestes, qu'est-ce que vous en pensez ? dit Erick en secouant la tête.

— Où est-ce que tu veux aller autrement ? fit Talon après un moment de réflexion.

— Il est déjà plus de dix-sept heures. Je sais où on peut louer une chambre à environ une heure d'ici. Je propose qu'on y aille, qu'on fasse quelques recherches et qu'on parte à l'aube. On arrivera comme ça au village en tout début de journée, on fait ce que l'on a à faire, peut-être que l'on va après sur site et ensuite on rentre…

Les deux autres réfléchirent.

— Ce ne sera pas une nuit particulièrement confortable mais tu as raison. Je n'avais pas envisagé la manière dont on pouvait amener les armes dans la chambre et la Jeep n'est pas assez sécurisée pour qu'on puisse les garder dans le véhicule, fit Cade.

— Exactement, et je ne veux pas attirer des problèmes à l'hôtel, acquiesça Erick.

— À cause d'Honey ? demanda Cade.

Erick secoua la tête.

— Pas juste à cause d'elle. Il y a de nombreuses personnes innocentes là-bas et il n'en faudrait qu'une pour appeler la Police et nous mettre dans une situation que nous préférerions éviter.

— Mais ça ne gâche rien qu'Honey soit là-bas, pas vrai ?

— Elle a percuté ma Mustang, pourquoi voudrais-tu que je me soucie d'elle ? Mais ce n'est pas pour autant que j'aimerais faire d'elle une cible… protesta Erick, incrédule.

— Eh bien, elle est mignonne, intelligente, professionnelle et célibataire… et il y a indubitablement quelque chose entre vous, rétorqua Cade.

Erick secoua la tête.

— N'ose même pas y penser… Et puis, l'un des gars à sa conférence a l'air fou d'elle…

— Il est vrai qu'il y a quelque chose entre vous, alors quel est le problème si quelqu'un d'autre est intéressé ? Depuis quand la compétition te fait-elle peur ? répondit Talon avec un petit sourire.

— Jamais. Rappelle-toi, c'est elle qui a percuté ma Mustang et je cherche encore certaines des pièces d'origine pour la réparer et il va falloir que je les trouve en vitesse, fit-il sur un ton cassant.

— Tu les trouveras… Mais quand je vous vois ensemble, je ne vois pas de friction comme toi, mais seulement de l'attraction, des étincelles. Et des bonnes en plus. Tu pourrais tomber bien plus mal.

— Faut vous faire soigner les mecs, ricana Erick.

— Mais toi aussi, elle est très clairement intéressée, ajouta joyeusement Cade à l'arrière.

— Elle est cinglée !

— Toi aussi on t'a traité de cinglé, mais je ne crois pas qu'elle soit dingue. Je ne crois pas non plus qu'elle ait inventé ce qu'elle a vu et qu'elle ait exagéré. Quelqu'un rôdait dans le lobby. Ce que je ne sais pas, c'est si elle l'a vu par erreur ou parce qu'il voulait être vu. Et s'il était là à cause de nous ou à cause d'elle ou encore s'il était là pour une tout autre raison ?

— Dans tous les cas, on ne rentre pas à l'hôtel ce soir alors ce n'est pas grave. Je dois admettre que ça me dérangerait pas qu'on revienne rapidement chez nous, fit Erick, encore agacé, en regardant la campagne alentour.

— Moi aussi, mais je veux rentrer chez nous avec des réponses, poursuivit Cade.

Erick acquiesça. La dernière chose qu'il voulait, c'était passé les deux ou trois jours à venir à suivre des pistes et rentrer à la maison les mains vides. Ils avaient déjà trouvé beaucoup plus que ce à quoi ils s'attendaient. À présent, il fallait qu'ils sachent qui avait acheté des mines antichars et ce qu'il en avait fait, et ce n'était pas comme ramener une surprise à ses enfants en revenant du travail…

Son téléphone sonna, mettant un terme au silence. Il le sortit de sa poche et regarda.

— Salut Badger, quoi de neuf ?

— Je viens d'avoir un coup de fil de Kat, elle m'a dit

qu'elle a eu des nouvelles d'une amie à elle et qu'elle est tombée sur toi à l'hôtel.

— Dans le lobby ? Tu parles d'Honey ? Je ne savais pas qu'elle connaissait Kat, demanda Erick, surpris.

Intéressant qu'Honey appelle Kat. Prenait-elle de ses nouvelles ? Toujours est-il que c'était intelligent. Elle ne le connaissait pas du tout et elle était à l'étranger…

— Oui, c'est bien elle. Apparemment, Kat et elle se connaissent depuis au moins dix ans. Toutes les deux dans le médical, dans deux domaines différents. Mais elles se sont rencontrées aux mêmes événements caritatifs et sont devenues amies comme ça. Toujours est-il qu'elle voulait savoir si vous étiez en sécurité et fiables. Elle avait l'air de s'inquiéter… Quelque chose qui se passait à l'hôtel. Vous en savez quelque chose ?

— C'est rien, elle ira bien, grogna Erick.

— Pas si sûr, elle a envoyé à l'instant un texto pour dire qu'il lui semblait avoir vu un homme armé entrer dans l'hôtel.

— Elle a parlé tout à l'heure qu'elle avait vu un homme rôder dans l'hôtel mais n'a jamais parlé d'une arme.

— Non, parce que ce sont deux incidents distincts. Elle a vu un autre homme armé au quatrième étage, là où se trouve sa chambre.

Le quatrième étage ?

— Merde, c'est notre étage…

— Exactement…

<h1 style="text-align:center">CHAPITRE 3</h1>

HONEY REGARDA SON téléphone avec incrédulité et envoya rapidement un texto en retour à celui qu'elle venait de recevoir.

Comment as-tu eu mon numéro ?

La réponse arriva presque instantanément et elle vit s'afficher sur son écran le texto d'Erick.

Badger et Kat.

Évidemment que Badger allait téléphoner à Erick pour lui dire de prendre de ses nouvelles après qu'elle eut appelé Kat. Au moment où elle allait jeter son téléphone sur son lit, il sonna et elle reconnut le numéro d'Erick. Toujours furieuse, elle décrocha.

— Qu'est-ce que tu veux ? fit-elle sur un ton cassant.

— Je venais simplement aux nouvelles, m'assurer que tu allais bien. Est-ce que tu as revu l'homme ? dit-il durement.

— Je crois bien mais je ne suis pas certaine que ce soit le même.

— Avec des armes… ?

— Oui, il avait un pistolet qu'il tenait le long de sa cuisse et en partie dissimulé par sa veste noire.

— Je ne me soucie pas de savoir à quel point il le dissimulait mais s'il n'était pas en uniforme de Police ou d'agent de sécurité, c'est une mauvaise nouvelle.

— Je me suis dit qu'il devait te chercher. Je peux le

comprendre, je t'aurais bien tué moi-même une ou deux fois, marmonna-t-elle.

— J'imagine, fit-il en riant un bref instant, mais ce n'est pas ça le problème. Est-ce que tu es au quatrième étage ?

— Oui, c'est là où se trouve ma chambre et c'est là où je l'ai vu, il traversait le couloir et se dirigeait vers l'ascenseur.

— En admettant que tu sois face aux ascenseurs, de quel côté était-il ?

— Il était à gauche et quand je suis sortie de l'ascenseur, il marchait dans ma direction et je me suis dit qu'il devait descendre, répondit-elle, un peu confuse mais prête à répondre à son interrogatoire.

— Et où est ta chambre par rapport aux ascenseurs ?

— Je suis à droite.

— Est-ce que tu l'as vu quand tu es allée dans ta chambre ?

— Non, il n'était plus là.

— Alors soit il est descendu en utilisant l'ascenseur ou les escaliers ou alors il a pu se planquer dans une autre chambre.

— S'il était allé dans une autre chambre, j'aurais entendu la porte se refermer mais tout était silencieux. Par contre, je crois bien avoir entendu les portes de l'ascenseur mais je n'en suis pas certaine.

— C'est déjà pas mal. Tu pars quand ?

— Je viens juste d'arriver, protesta-t-elle sèchement.

— Certes, mais un homme armé à cet étage, ce n'est pas un bon signe.

— Pourquoi ça ? Parce que ta chambre est au quatrième aussi ? demanda Honey qui voulait donner l'impression de plaisanter mais quand il ne répondit pas, elle comprit qu'elle avait deviné juste.

— Tu crois qu'il te cherche ? Et si c'était le cas, pourquoi ? Est-ce que nous sommes en sécurité ? demanda-t-elle en repoussant quelques cheveux épars sur son front.

— Tu es autant en sécurité que tu pourrais l'être n'importe où dans le monde.

— Je suis tout à fait sérieuse, il y a beaucoup de gens innocents ici, des gens très talentueux, et je ne veux vraiment pas qu'il leur arrive malheur par ma faute.

— Alors, téléphone à la Police, fit-il avant de raccrocher.

Elle regarda son téléphone avec frustration. Ce n'était pas si facile à dire qu'à faire. On n'appelle pas la Police en leur disant quelque chose de ce genre-là en espérant s'en sortir sans qu'ils ne lui posent plus de questions. Au même moment, son téléphone vibra. Un autre texto d'Erick.

Je plaisantais. N'appelle pas la Police.

Ce qui d'une certaine façon la rassura, parce que cela voulait dire qu'ils étaient au moins du même avis pour gérer la situation. C'était un peu déconcertant mais elle se sentit un peu mieux. Elle récupéra son sac à main et s'assit sur le bord du lit pour regarder son itinéraire de vol. Encore deux nuits sur place et elle partirait à seize heures. Elle aurait pu partir la veille mais avait choisi de rester un jour supplémentaire parce qu'elle espérait rencontrer les autres participants, réseauter un petit peu. Elle avait fait un sacré voyage pour ce séminaire et voulait profiter autant que possible du temps qu'elle avait. Mais, à présent, une partie d'elle-même se disait qu'elle aurait mieux fait de prendre le vol précédent.

Qu'était-elle supposée faire en présence d'un homme armé ? Était-il seulement illégal de porter une arme ici ? Pour ce qu'elle en savait, c'était le cas d'une grande partie de la population afghane. Elle savait que c'était aussi le cas dans certains états des États-Unis, alors pourquoi pas ici ? Était-ce une arme dissimulée ? Peut-être alors qu'être là, arme à la main comme il le faisait, était tout à fait normal ?

Mais bien sûr que non, ce n'était pas normal. On ne sort un pistolet que lorsqu'on a l'intention de s'en servir. Honey ne put s'empêcher de récupérer son sac à main et sortit de sa chambre en direction de l'ascenseur. Elle ne savait pas d'où il était venu mais, mentalement, elle essaya de retrouver là où elle l'avait vu la première fois. C'était juste après la porte sur la gauche, quatre portes avant la fenêtre dans le couloir. Impulsivement, elle remonta le couloir et contempla le ciel du soir. Il était plus sombre que ce qu'elle avait imaginé. Son humeur s'assombrit, elle aussi.

Elle était arrivée ravie et enthousiaste. Son premier jour avait été spectaculaire. Rencontrer Erick n'avait pas été le point le plus marquant de son séjour mais, à ce moment-là, il était réconfortant de savoir qu'il était là, moins si un homme armé était à sa poursuite. Erick avait déjà eu assez à endurer comme ça. Et il était un compatriote. Les pensées tournant en boucle dans la tête commencèrent à l'affoler et elle se dirigea vers l'ascenseur où elle s'engouffra dès qu'il s'ouvrit, descendant jusqu'au lobby. Elle allait retrouver le reste du groupe pour le dîner et comme elle n'avait pas déjeuné, elle s'était assurée d'en être pour les projets autour du repas du soir. Avec un peu de chance, on parlerait boutique toute la soirée.

Alors qu'elle traversait le lobby, elle ne put s'empêcher de se retourner en pensant à la façon dont elle avait vu l'homme disparaître le matin même. Mais il n'y avait aucun signe de lui, aucun signe de l'homme armé et surtout aucun signe d'Erick. Elle fit la moue et se demanda s'il allait rentrer ce soir-là. Il était assez tôt et elle n'aurait pas dû penser à ça mais il y avait eu quelque chose de distant dans sa voix. Mais, après tout, ici les lignes téléphoniques étaient de piètre qualité. Elle lui envoya rapidement un texto, lui demandant s'il revenait à l'hôtel.

Pourquoi ?

Désapprobatrice, elle se fit la réflexion qu'il aurait pu se contenter de répondre à la question.

Je veux seulement savoir si je dois m'inquiéter pour toi ou si ce n'est pas la peine.

Encore une fois, c'était comme s'il était suspendu à son téléphone en attendant ses messages, parce que sa réponse fut immédiate.

Oh mais tu te soucies de moi…

Non, je me suis juste dit que je dirais à l'homme armé où se trouve ta chambre…

Ça pique !

Elle rit malgré elle.

Je plaisantais.

Je sais. Il y a de grandes chances qu'on ne rentre pas ce soir.

On devrait revenir demain soir.

Pour affaires ?

Intéressée ?

Ah ça non !

Elle rit. Leur échange était vif et intense et, pour une raison ou pour une autre, un joli jeu d'esprit. Elle fourra son téléphone dans son sac à main et alla retrouver un groupe d'autres participants au séminaire qui se tenait de l'autre côté du lobby. Ils la saluèrent en souriant et David, le sourire aussi rayonnant que son aspect général, se rapprocha d'elle et la prit dans ses bras.

— Il était temps que tu arrives, on allait sortir, dit-il.

Elle leur emboîta le pas alors qu'ils arrivaient dans la rue et qu'ils remontèrent jusqu'au restaurant qu'ils avaient choisi.

Peut-être qu'elle allait pouvoir arrêter de s'inquiéter et revenir à la raison première de sa venue.

— Heureuse ? demanda David.

— Très, répondit-elle avec un large sourire, je sais que ce n'est pas le bon moment, mais il faudra toujours qu'on parle du prix du séminaire.

— Bien sûr, mais pas obligatoirement ce soir, fit-il.

Contente de pouvoir penser à autre chose et profiter de sa soirée, elle acquiesça avec plaisir mais fut incapable de ne pas s'imaginer ce que pouvait faire Erick. Et de se demander s'il était en sécurité.

ERICK RANGEA SON téléphone dans sa poche lorsqu'il ne reçut plus d'autres messages d'Honey. Il savait qu'il arborait un sourire idiot mais il lui était impossible de le faire disparaître. Les gars le regardèrent et secouèrent la tête.

— Eh bien, on dirait que vous vous êtes réconciliés tous les deux, fit Cade, amusé.

Erick haussa les épaules.

— Je ne suis pas non plus avec elle, hein. Et ça me va très bien. C'est seulement que c'est amusant de la taquiner.

Les deux autres rirent.

Il changea de position de façon à pouvoir regarder par la fenêtre plutôt que les regarder eux. Parler à Honey avait illuminé une mission par ailleurs très sombre. Alors qu'il se remémorait leur accident de voiture, il se rendit compte qu'elle avait été particulièrement perturbée. Et il ne s'était pas imaginé qu'elle pouvait avoir été dans un moment difficile elle aussi. Il était temps de lâcher prise. Et le fait que sa Mustang était pratiquement réparée aidait aussi. Pas assez.

C'était un peu difficile quand cette voiture était comme son bébé.

Il repensa au fait qu'elle était dentiste et à sa formation. Il avait vu les affiches et s'était posé des questions sur les recherches sur les cellules souches. Les États-Unis ne permettaient que le minimum de recherches sur l'application des cellules souches en odontologie mais le reste du monde n'appliquait pas les mêmes réglementations, ce qui permettait souvent de développer des traitements de pointe.

— Prêt à revenir à ce pour quoi on est là ? demanda Cade.

— Je n'ai jamais cessé de l'être. Mais le fait qu'elle ait vu un homme armé à notre étage est par contre plutôt préoccupant. Surtout en considérant qu'on a posé quelques questions il n'y a pas si longtemps que ça.

— On ne peut rien faire dans l'immédiat, fit remarquer Talon.

— Si, on peut.

Il ressortit son téléphone et envoya rapidement un texto à Badger pour lui dire là où ils en étaient.

Nous n'avons rien laissé, ni mouchard ni caméra pour savoir si quelqu'un entre dans notre chambre. Et nous n'avons personne en observation.

Tu crois qu'on a besoin d'un homme supplémentaire ? On peut toujours appeler quelqu'un en renfort. Laszlo n'est pas loin.

Qu'est-ce que tu entends par « pas loin » ? Il n'est plus en Norvège ?

Aux dernières nouvelles, il se dirigeait vers l'Italie.

C'est pas non plus la porte à côté…

Il peut être là en quelques heures.

Erick mit les deux autres au courant de l'échange qu'il venait d'avoir avec Badger.

— Je vais passer un coup de fil à Laszlo, dit Cade.

Erick entendit un cliquetis de bouton et vit que Cade collait son téléphone contre son oreille, le visage fendu par un large sourire.

— Laszlo ? Comment vas-tu ?

Laszlo avait un accent marqué et une voix qu'on aurait pu entendre par-dessus n'importe quelle foule. Il avait en lui une puissance qui faisait s'arrêter les gens et les rendait soudainement attentifs. Sa voix emplit l'habitacle alors qu'ils continuaient d'avancer.

— Je vais bien, je prends mes positions, juste au cas où…

— Eh bien, ce ne sera pas juste au cas où, parce qu'on a besoin de toi…

— Qu'est-ce qui se passe ? Et où êtes-vous ? demanda Laszlo sur un ton soudainement incisif.

Erick écouta Cade le mettre au courant des derniers événements.

— Je vais m'enregistrer à l'hôtel, j'aurais bien dit que je serais allé dans votre chambre mais je crois qu'il vaudrait mieux que je m'installe au même étage et que je monte la garde.

— OK, on rentre demain.

— Je devrais être là ce soir ou très tôt demain matin, répondit Laszlo.

— Ce sera une bonne chose de t'avoir dans les parages si on a besoin, fit Cade.

Et Erick était du même avis. Même à trois, il semblait que ça commençait à tourner au vinaigre avant même qu'ils ne soient dans leur zone cible. Erick se trémoussa à nouveau et cria pour que Laszlo puisse l'entendre.

— C'est Badger qui fait centrale de communication pour nous aussi. Il faut que tu saches que l'on a appris que notre fournisseur sur place a vendu deux mines antichars, une six mois avant notre accident, pour faire un essai apparemment, et une autre il y a deux ans de ça.

Il y eut un instant un silence de mort à l'autre bout du téléphone avant que Laszlo se mette à jurer et, quand il jurait, c'était des jurons de qualité. Tous les hommes sourirent largement. Il jurait avec une grande finesse de par sa double nationalité anglaise et norvégienne et, bien qu'ils n'y comprennent pas grand-chose, ses intonations ne laissaient aucun doute sur ce qu'il disait.

Il finit par se calmer.

— J'arrive dès que possible. Par contre, ne me gardez pas sous le coude au cas où, je veux participer. Je suis assez furax de ne pas être déjà avec vous. Vous auriez dû me le dire, fit-il avec froideur.

— Nous ne savions pas ce que nous allions trouver. Avec ce que l'on savait, ça aurait vraiment pu être vain… On avait déjà mis Talon en renfort. Tu étais chez ta famille en Norvège et on ne voulait pas te déranger.

— Oui… vous savez que Badger est à l'hôpital ? Sa jambe est dans un sale état. Apparemment, Kat a dû l'y emmener en urgence il y a une dizaine de minutes de ça.

— Quoi ? s'insurgea Erick qui regarda Talon avec détermination avant de taper le numéro de Badger.

— Alors qu'est-ce que tu nous as caché ? demanda Erick aussitôt que Badger décrocha.

— Y a pas grand-chose qui vous échappe, les gars, rit Badger.

— C'est Laszlo qui nous a mis au courant, tu sais très bien qu'il faut qu'on se tienne au jus quand même !

Il y eut un moment de silence, puis Badger répondit, la voix plus pesante et un peu plus essoufflée.

— Oui. Je ne sais pas vraiment ce qui s'est passé mais les

veines ont commencé à s'affaisser à cause du gonflement. Kat a jeté un coup d'œil et m'a emmené de suite aux urgences. Vous savez ce que j'en pense.

— Peu importe ce que tu en penses, tout ce que je peux dire maintenant c'est « Dieu merci, Kat était là ».

— Je suis d'accord. Ils ont avancé l'opération à demain. D'abord les mesures d'urgence et ensuite une autre opération quand ça aura suffisamment guéri.

— Tu nous tiens au courant, t'as entendu ? Parce que je veux pas que ça soit Laszlo qui nous apprenne le reste.

— Eh bien, je peux faire ça pour les prochaines heures mais après, je ne suis pas certain. Il faudra que tu appelles Kat et que tu lui donnes les mêmes ordres.

— Pas de problème, tu sais que les gars vont vouloir venir… fit Erick sur un ton cassant.

— Ils pourront rien faire de plus, je suis coincé à l'hosto un sacré moment. C'est à vous de prendre le relais pour la mission, les gars.

— C'est dans nos cordes, mais on va se faire du souci pour toi alors assure-toi de prendre soin de toi ! Tu m'entends bien ? insista Erick.

— Je t'entends bien, rit Badger mais il était évident qu'il souffrait puisqu'il mit un terme à l'appel sur un Terminé !

Erick se tourna vers Cade qui n'était plus au téléphone.

— D'autres nouvelles de Laszlo ?

— Non, tu as entendu la même chose que moi, il est en route et il arrive en renfort. Et Badger ? demanda Cade en plissant les yeux.

— Il passe sur le billard demain, sa jambe est dans un sale état, commença-t-il à expliquer en essayant de leur redire tout ce dont il se souvenait de l'appel. Badger était vraiment un pilier, un roc, dans leur vie à tous. Et son prochain combat avait été le leur aussi, ils seraient là pour l'encourager cette fois encore. Ils savaient très bien que cela pouvait leur arriver à tout instant. Leurs corps avaient guéri, mais ce n'était pas encore parfait.

L'épaule d'Erick ne serait jamais aussi forte qu'avant l'accident et il pouvait vivre avec deux doigts manquants à la main gauche mais il lui arrivait à des moments étranges de s'attendre à ce qu'il soit là. Quant à la partie inférieure de sa jambe et son pied… eh bien…. Quand il avait réussi à passer outre sa répulsion initiale, il s'était adapté bien plus rapidement qu'il ne l'aurait cru. Particulièrement parce qu'il savait que pour les autres, c'était bien pire.

— Mieux vaut qu'il soit à l'hôpital, si jamais quelque chose ne va pas, ils pourront faire ce qu'il faut, fit Cade et Erick approuva.

— Et on peut remercier Kat de l'avoir emmené de force à l'hôpital. Vous connaissez Badger, il n'y serait jamais allé tout seul.

Les hommes échangèrent des regards éloquents, sachant très bien que c'était la même chose pour eux. Ils avaient tous été hospitalisés, avaient tous subi des opérations, le processus de guérison et ensuite la kiné à en être malade. Ils étaient tous très heureux d'en être là où ils en étaient à présent mais aucun d'eux n'aurait voulu avoir à en faire davantage.

Au même moment, Talon pointa du doigt un endroit.

— Je crois que c'est là qu'on a tourné.

— Tu crois ? demanda Erick en regardant par le pare-brise, il étudia les alentours mais, le jour de l'accident, il ne conduisait pas et n'avait pas été chargé de l'itinéraire. Il était à l'arrière. Cade se pencha en avant.

— Oui, c'est bien ça ! Je me souviens de ces montagnes au fond…

Erick tâcha de s'en souvenir. On ne savait jamais lorsque l'on pouvait avoir besoin d'un point de repère. La route sur laquelle ils tournèrent était beaucoup moins fréquentée. La poussière et le temps l'avaient érodée.

— Comment tu peux même savoir que c'est une route ? Ça pourrait être n'importe laquelle, remarqua Erick, étonné.

— Je conduisais ce jour-là, et c'était l'un de nos points de repère, répondit Talon en montrant le tout petit cimetière familial où se trouvaient trois tombes marquées par une pile de cailloux. Le silence s'installa alors qu'ils continuaient d'avancer.

— Il n'y a que moi qui s'inquiète d'une seconde mine antichar ? demanda Cade.

— Qu'est-ce que tu entends par là ? s'enquit Erick.

Cade grimaça.

— Et si la deuxième n'a pas explosé ? Et qu'ils ont enfoui les deux en espérant que si on n'en déclenchait pas une, on déclencherait l'autre ?

Talon freina d'un coup, arrêtant la Jeep.

— Merde. Maintenant, j'ai beaucoup moins envie d'y aller.

— Nous n'avons pas le choix, fit Erick avec douceur.

— Mais je ne veux pas non plus rouler sur une autre mine.

Erick était déjà occupé à sortir son ordinateur portable et son téléphone.

— Tesla n'a pas créé un logiciel de détection d'engins explosifs improvisés ? demanda-t-il.

— Oui, acquiesça Cade avec enthousiasme, un truc pour trouver les mines devant soi. Pourquoi n'y a-t-on pas pensé ?

— C'est une bonne question. Mais quelle est la probabilité qu'elle puisse vérifier cette route en utilisant je ne sais pas quelle mise à jour de son système ? Nous n'avons pas le matériel ici mais elle oui, donnez-moi une minute, fit Erick.

Et il appela Mason.

CHAPITRE 4

LORSQUE HONEY REVINT du dîner, elle était sur un petit nuage, la conversation qu'elle avait eue avec les autres dentistes l'avait enchantée. C'était là l'une de ses raisons de vivre, une de ses passions. Et ces technologies de pointe, c'était absolument incroyable. Même s'il allait falloir attendre de nombreuses années, voire même des décennies, avant que cela n'arrive aux États-Unis, c'était absolument phénoménal de voir ça. C'était une époque merveilleuse pour être dentiste, un merveilleux moment pour voir ces changements. Les échanges avaient été très animés. Ç'avait été excitant et électrisant et, lorsqu'elle sentit à plusieurs reprises la main de David posée sur le dossier de sa chaise, elle s'était dit que ça devait être parce que tout le monde était vraiment plongé dans la conversation passionnante.

Utiliser les cellules souches ferait évoluer radicalement le milieu.

Et elle avait hâte.

Elle était restée avec le groupe, avait bu quelques verres et avait refusé l'invitation de David à un cocktail plus privé après le départ des autres, prétextant qu'elle était fatiguée. Mais, même à présent qu'elle était vraiment fatiguée, son esprit bourdonnait à cause de tout ce qu'elle avait appris. Elle se dit qu'après une douche chaude et une bonne nuit de sommeil, elle serait d'attaque le lendemain.

Alors qu'elle se dirigeait vers l'ascenseur, plusieurs membres du groupe la suivirent. Elle fut la première à descendre au quatrième étage et salua de la main les autres occupants de la cabine en leur souhaitant une bonne soirée. Elle tourna à droite et se dirigea vers sa chambre.

Elle n'avait fait que quelques pas hors de l'ascenseur, le couloir était absolument désert comme la plupart du temps, sauf au moment où elle avait croisé l'homme armé. Immédiatement, toute sa sensation de bien-être se dissipa lorsqu'elle se souvint de ce qu'elle avait vu et de ce qu'elle avait entendu. Elle sortit la clé de sa chambre quand un homme grand aux pommettes saillantes et aux épaules massives la dépassa. Elle eut un regard suspicieux. Il avait quelque chose de scandinave mais ses cheveux bruns et sa barbe de la même couleur étaient plus méditerranéens. Elle ne le reconnut pas mais il avait quelque chose de familier.

Il se retourna et saisit sa moue perplexe avec un sourire.

— Enchanté de faire votre connaissance, madame.

— Vous êtes Américain vous aussi ? demanda Honey, étonnée.

Il s'arrêta et fourra ses mains dans les poches de son pantalon.

— Je suis bien des choses, mais initialement, je viens de Norvège. Est-ce qu'il y a d'autres Américains ici ? demanda-t-il.

— Oui. Des hommes qui sont à l'autre bout de ce couloir et tout un tas de gens présents au même séminaire que moi sont Américains.

— Et d'où êtes-vous, exactement ?

Elle haussa les épaules, sachant qu'elle n'aurait probablement pas dû avoir une conversation personnelle avec lui. Mais cela ne présentait pas de risques tant qu'il ne savait pas qui elle était, se dit Honey.

— Du Nouveau-Mexique, répondit-elle.

— Je vis là-bas moi aussi à présent, fit-il en hochant la tête.

Et ce fut à ce moment-là qu'elle sut. Elle le jaugea un long moment et comprit.

— Tu es avec Erick, pas vrai ?

Il haussa les sourcils et se retourna pour lui faire face.

— Erick ? demanda-t-il à mi-voix.

Elle ne fit pas de cas de son ton.

— Erick. Il est là avec deux autres gars. Et c'est moi qui ai vu l'homme armé en début de journée.

— Je comprends, c'est toi qui as percuté sa Mustang 1969. Je m'appelle Laszlo, fit-il en fronçant les sourcils et lui tendit la main pour serrer la sienne.

Il portait bien son prénom mais elle remarqua aussi qu'il n'avait pas donné de nom de famille, cependant elle ne pouvait pas lui en vouloir, elle lui serra la main en se présentant :

— Moi, c'est Honey.

— Chouette, fit-il évasivement en regardant les alentours, puis il lui demanda si elle avait vu quelqu'un à cet étage.

— Non, et ça m'était complètement sorti de la tête jusqu'au moment où je suis sortie de l'ascenseur.

— Très bien, continue de ne pas y penser, sourit-il.

Il relâcha sa prise sur sa main et continua de remonter le couloir et il regarda par la fenêtre comme elle l'avait fait. Quand il se retourna pour la regarder, elle était restée au même endroit. Il la salua de la main, elle fit de même, ouvrit la porte de sa chambre d'hôtel et entra.

Et se retrouva face à face avec l'homme armé. Elle poussa

un petit cri effrayé et voulut ressortir.

— Entre tout de suite.

Elle passa le bras par la porte et l'agita frénétiquement.

Mais l'homme fit cliqueter la gâchette de son arme.

— Maintenant !

Elle entra dans la pièce et il referma la porte à clé derrière elle. Elle fit un pas de plus en avant et le dévisagea.

— Qu'est-ce que vous voulez ? s'enquit-elle, fière que sa voix ne tremble presque pas, mais il n'en était pas particulièrement heureux.

— On essaye d'être courageuse, pas vrai ? Eh bien, tu sais que personne ne pourra t'aider là où tu es… ricana-t-il.

— Qu'est-ce que vous voulez ? Je n'ai pas d'argent mais vous pouvez prendre ce que j'ai, répondit Honey alors qu'elle tentait de trouver une réponse mais, tout ce qui lui venait à l'esprit, c'était blâmer Erick et elle savait que ce n'était pas une solution. L'homme brandissait son pistolet.

— J'en ai rien à faire de ton argent, j'en ai bien plus que toi de toute façon. Mais je veux savoir où est ton ami.

— Quel ami ? demanda Honey en fronçant les sourcils mais, intérieurement, elle savait, d'une façon ou d'une autre, que ce mec l'avait vu en compagnie d'Erick et pensait qu'ils étaient amis.

— Les Américains. Ton copain. Tu leur as parlé à midi.

— J'ai percuté sa Mustang il y a un an de ça et, sur le moment, j'ai cru qu'il allait me tuer, confessa-t-elle.

Il la regarda, choqué, puis se mit à rire d'un gros rire bruyant. Elle aurait voulu voir son visage mais il était entièrement dissimulé par une cagoule noire. Honey déglutit péniblement.

— Alors je ne sais pas grand-chose sur lui si ce n'est qu'il est à l'hôtel avec ses amis.

— Tu mens. Combien d'amis ? fit-il calmement.

— Deux hommes, du moins c'est ce que j'en sais. Et je ne mens pas, le reprit-elle avec force.

— Si tu ne sais pas grand-chose sur lui pour l'instant, tu as très envie de le connaître, le langage corporel ne ment pas. Et si tu veux rester en vie, tu n'as pas intérêt à lui parler de notre rencontre.

— Je n'ai rien vu, fit-elle en s'écartant si jamais il voulait rejoindre la porte et au moment où il arriva à sa hauteur, comme pour sortir, on frappa à la porte et elle poussa un cri de surprise.

— Pas un bruit, fit-il en posant une main sur sa bouche.

Elle hocha la tête. Il abattit lourdement la crosse de son pistolet contre sa tempe. Elle s'effondra en criant. Elle sentit la pièce tanguer puis entendit un bruit de pas précipités vers la fenêtre, les coups à la porte redoublèrent d'intensité et d'un coup la porte fut ouverte.

Honey releva la tête, c'était Laszlo, la montagne de muscles.

— C'était l'homme armé, il était dans ma chambre.

Laszlo l'enjamba et se précipita vers le petit balcon tandis qu'elle se traînait jusqu'au lit. Elle s'assit sur le bord, se passant la main sur la tête. Ses doigts en revinrent poisseux de sang.

— Merde, Erick, même quand tu n'es pas là, tu m'attires des problèmes, grogna-t-elle avant de se diriger à petits pas jusqu'à la porte-fenêtre.

Une brise légère jouait avec les rideaux. Elle observait Laszlo à présent à deux balcons du sien, et il se retourna pour la regarder, l'air sombre et, sur ses lèvres, elle arriva à déchiffrer qu'il avait perdu la trace de l'homme armé tandis qu'il entreprenait à présent de revenir vers elle.

Stupéfaite, elle le vit franchir les presque deux mètres entre les balcons l'air de rien. Elle vit un homme qui traversait la rue en courant. Elle le pointait du doigt au moment où Laszlo atterrissait à ses côtés.

— Oui, mais il est bien trop loin pour que je puisse le rattraper à présent. Est-ce qu'il a dit quelque chose ? demanda-t-il en se tournant vers elle et Honey fit rapidement le récit de ce dont elle se souvenait.

— Il s'intéressait à Erick et à combien d'hommes l'accompagnait. Quand je lui ai dit que j'avais percuté sa Mustang, il a ri. Mais pourquoi est-ce que ça l'aurait fait rire ? s'interrogea-t-elle.

Laszlo expira lentement.

— Soit il savait pour Erick et sa Mustang et l'idée lui plaisait beaucoup ou alors il pensait que c'était drôle que tu aies percuté la voiture d'Erick. Pour le moment, on ne peut pas savoir. Mais j'ai une question à te poser par contre : est-ce que le gars avait un accent ? Est-ce qu'il parlait comme quelqu'un du coin ? Est-ce que tu as reconnu quelque chose dans sa voix, son physique ou quoi que ce soit ?

— Il portait une cagoule et je ne pouvais rien voir à part ses yeux. Il avait un regard particulièrement vide. Jusqu'au moment où je lui ai dit que j'avais percuté la Mustang et c'est à ce moment que son regard s'est illuminé comme s'il s'était dit que c'était une excellente nouvelle.

Laszlo l'étudia un long moment puis l'incita à rentrer. Elle ne voulait pas partir parce qu'elle voulait savoir comment il avait réussi à sauter de balcon en balcon.

— Comment tu peux franchir des distances pareilles ?

Il haussa les épaules.

— J'ai l'habitude, il y a des saillies de briques le long du mur entre les balcons, je peux m'y agripper et je m'en sers d'appuis. Et il est évident que l'intrus le sait aussi. La plupart des gens l'ignorent. Ils regardent la distance et se disent « Bon Dieu non, c'est à la limite du possible ».

Elle se sentit un peu mieux et s'assit sur le bord du lit, les mains tremblantes.

— Pourquoi es-tu là ?

Il la regarda, confus.

— Pourquoi es-tu là, à l'hôtel ? Et d'ailleurs merci d'avoir remarqué que j'étais dans de beaux draps, reprit-elle.

— Quand j'ai vu ta main s'agiter dans le couloir, il était clair que quelque chose n'allait pas. J'aurais voulu arriver avant qu'il ne referme la porte, j'aurais pu le choper à ce moment-là.

— Peut-être et peut-être aussi qu'il m'aurait tiré dessus plutôt que de se contenter de me frapper. Peut-être que j'aurais dû sortir de la pièce plutôt que de rentrer comme il me l'avait ordonné, répondit Honey d'un coup très fatiguée et elle passa une main hésitante sur sa tête douloureuse.

Laszlo alla aux portes-fenêtres qu'il referma et ferma ensuite à clé puis tira les rideaux.

— Ce dont tu as besoin, c'est d'une bonne nuit de sommeil.

Elle manqua de se décrocher la mâchoire de surprise et le dévisagea.

— Et comment suis-je censée y arriver ?

— Tu dormiras bien parce que tu sauras que je serais dehors à garder un œil sur toi, fit-il avec un large sourire.

— Tu n'as aucune façon de pouvoir faire ça, fit-elle en levant les mains, frustrée.

— Et pourtant… ma chambre est juste en face de la tienne et je laisserai ma porte ouverte.

Elle fit la moue, se leva et marcha jusqu'à la porte qu'elle ouvrit et passa dans le couloir.

— J'aurais cru que tu aurais préféré être plus près de la chambre d'Erick, admit-elle.

— Non, je voulais être au même étage mais à l'autre bout du couloir. Il est beaucoup plus facile de garder un œil sur les choses quand on n'est pas immédiatement à côté.

— Eh bien, j'aurais voulu que tu sois là plus tôt, tu aurais pu voir ce connard s'introduire dans ma chambre.

— Tu as raison, il a dû se procurer ta clé à un moment ou à un autre.

Elle fit la moue et se retourna.

— Quand je suis arrivée, ils ne parvenaient pas à retrouver l'une des clés. Il devait y en avoir deux et on ne m'en a donné qu'une.

— Quand es-tu arrivée ? demanda-t-il en la regardant lentement, les bras croisés.

— Je suis arrivée par un vol de nuit et j'étais assise dans le lobby quand les gars sont arrivés.

— Et vous avez parlé ?

— Oui, on a discuté quelques minutes… peut-être même un peu plus que ça, fit-elle en haussant les épaules.

— Il y a de grandes chances que l'on t'ait vue. Là où on est, si quelqu'un a fait une recherche sur nous et a trouvé l'accident de voiture, ils apprendraient en même temps que c'est toi qui lui es rentrée dedans. Que vous arriviez tous les deux le même jour à l'hôtel, ça rend très probable la supposition que vous êtes ensemble.

— Même après avoir cabossé sa Mustang ? Je me serais pourtant dit que ce serait un signe clair que ni lui ni moi ne voulions avoir affaire à l'autre, sourit-elle.

— Erick est un type bien, il pardonnerait à n'importe qui.

— C'est pas l'impression qu'il m'a donnée. Il a toujours l'air furax, rit Honey en secouant la tête.

— Eh bien, sa voiture, c'est son bébé… fit Laszlo avec un rictus.

— Tout est dit, j'ai bien compris qu'elle comptait beaucoup pour lui.

— C'était la voiture de son grand-père, ils l'ont retapée ensemble et, quelques années plus tard, il est décédé. Il a beaucoup de souvenirs liés à cette voiture.

— Mon Dieu, mais je ne m'imaginais pas que… répondit-elle, se sentant soudainement mal.

— Mais c'est normal, il ne te l'aurait pas dit. Bien sûr que l'assurance a permis de réparer mais ça ne fera pas revenir les souvenirs. Au moins, il a pu la sauver parce que l'assurance voulait l'envoyer purement et simplement à la casse et il s'est battu.

Elle ne pouvait pas imaginer puisque, elle, elle n'avait jamais connu ses grands-parents, même si elle l'avait toujours voulu. Erick avait eu cette relation particulière et avait fait quelque chose de spécial avec son grand-père, il était normal que cette voiture compte autant pour lui.

— Au moment de l'accident, je savais qu'elle comptait pour lui mais je ne savais pas pourquoi. Je n'aurais pas dû conduire ce jour-là, j'étais une loque et tout ce que je voulais, c'était rentrer chez moi. Et je ne pouvais pas penser à autre chose, admit-elle.

— Pourquoi ?

Elle eut un regard pesant.

— Je venais juste de faire une fausse couche et, ce jour-là, je sortais de l'hôpital mais je n'étais pas en état de conduire jusqu'à chez moi.

— Je suis désolée, fit Laszlo à mi-voix, tu n'avais pas une

amie pour te ramener chez toi… ou le père de l'enfant ?

Elle fit signe de tête que non.

— Non, ils étaient partis. Ensemble.

— Outch, grimaça Laszlo.

— Tu l'as dit, fit-elle avec un regard incisif.

LEUR HEBERGEMENT POUR la nuit était beaucoup plus spartiate que l'hôtel qu'ils avaient quitté. Il n'y avait qu'une chambre avec deux lits et un lit de camp. Mais cela ferait l'affaire. Ils monteraient la garde toute la nuit de toute façon. Ils n'avaient aucune raison de croire que quelqu'un savait qu'ils étaient là mais l'homme armé à l'autre hôtel les avait mis sur leurs gardes.

Erick avait envoyé plusieurs textos, passé plusieurs coups de téléphone et, quand il finit par raccrocher, son téléphone sonna à nouveau et affichait le numéro de Laszlo.

— Tu es où, mec ? demanda Erick.

— Stationné devant la chambre d'hôtel de ta dulcinée, le type armé est venu lui rendre visite, répondit Laszlo.

Erick sentit son cœur se serrer.

— Quoi ?! Le gars a ri quand il a appris que ma Mustang s'est fait percuter ?! fit-il avec une telle violence que Cade et Talon descendirent de leurs lits pour le rejoindre et écouter l'appel.

Il tint son téléphone de façon à ce qu'ils puissent tous entendre le récit de Laszlo.

Il n'y avait pas matière à rire, du moins, pas pour lui. Ses amis savaient l'importance de cette voiture pour lui mais, évidemment, quelqu'un qui ne l'appréciait pas se serait moqué de sa mésaventure. Ce qui laissait croire que l'homme armé le connaissait.

— Elle ne l'a pas reconnu ? Sa nationalité ? Rien ?

— Il portait une cagoule intégrale, des gants noirs et un t-shirt à manches longues de la même couleur.

— Habillé chaud pour le climat…

— J'ai pas l'impression que la température l'a dérangé, il avait plutôt l'air de vouloir lui soutirer des informations.

— Évidemment, mais il devait s'attendre à ce qu'elle nous raconte ce qu'elle a vu, alors pourquoi prendre le risque de la laisser en vie ?

— À moins qu'il veuille que tu sois au courant. S'il y a bien une chose que je peux te dire, c'est qu'il ne s'attendait pas à me voir. Je ne l'ai pas dit à Honey mais quand j'ai sauté par-dessus le balcon pour le poursuivre, il m'a regardé et je l'ai presque entendu couiner. Je n'ai jamais vu quelqu'un se mouvoir aussi vite. Je n'ai pas pu le rattraper, presque comme s'il était un foutu singe ! Au moment d'arriver au dernier balcon, il avait prévu une porte de sortie parce qu'il a sauté sur le balcon à l'étage du dessous et il a continué de descendre mais au moment où je suis arrivé au dernier balcon, il était parti depuis longtemps. Quand je suis revenu à la chambre d'Honey, elle était sur le balcon et elle a pointé du doigt un gars en noir qui courait dans la rue mais il était impossible pour moi de le rattraper, expliqua Laszlo.

— Et le système de vidéosurveillance de l'hôtel ? demanda Erick.

— Je n'ai pas encore parlé au directeur, mais à quoi bon ? Soit les caméras auront enregistré quelqu'un au visage complètement dissimulé ou alors quelqu'un qui fait face à l'ascenseur et non à la caméra. C'est un professionnel, il s'est arrangé pour ne pas être filmé.

— Et si c'est un professionnel, il ne joue pas dans la

même cour…

— Non, c'est toujours le même jeu. Les tueurs sont des tueurs, qu'ils fassent ça par amour pour leur pays ou à leur compte, objecta Talon avec lassitude.

Erick savait que Talon était amer et fatigué et que c'était les circonstances qui impactaient aussi peu favorablement son humeur.

— J'aime à croire que chaque fois que j'ai dû tuer, j'avais une bonne raison de le faire.

— Tu avais de bonnes raisons de le faire, souvent parce que quelqu'un aurait essayé de nous tuer avant si on ne les tuait pas.

Il n'y avait pas grand-chose à ajouter à cela. Erick raccrocha, au moins soulagé que leur ami garde un œil sur Honey. Et, pourtant, l'idée de les savoir ensemble lui retournait l'estomac. Laszlo était célibataire et beau, un vrai colosse. Tout à fait le genre d'Honey. Erick aurait dû se réjouir pour eux mais, pour une raison ou pour une autre, il en était incapable. Il lui fallait admettre qu'il s'était attaché à Honey. Si seulement il sortait vivant de ce bordel…

Il se retourna et s'adressa aux deux autres.

— J'ai besoin de manger ! Pas vous, les gars ?

Ils acquiescèrent et, au moment où ils allaient sortir, Cade s'arrêta.

— Je crois qu'il vaudrait mieux que quelqu'un reste ici avec les armes. Vous me ramènerez quelque chose à manger, fit-il et il retourna s'asseoir sur le lit près de la fenêtre.

Erick hocha la tête et sortit. C'était un petit village et il se dit qu'un restaurant local ne devait pas être bien loin et que, le cas échéant, cela voulait dire de la cuisine familiale. Au moment où ils arrivèrent à l'extérieur, la nuit s'était installée et un seul restaurant était encore ouvert. Ils entrèrent, s'assirent et commandèrent local : des brochettes, du riz, des haricots en grains et, avec un peu de chance, des légumes. Ils étaient particulièrement doués pour ça. La nourriture était chaude et délicieuse. Il était évident qu'ils n'étaient pas du coin et seulement une autre table était occupée.

Le patron vint aux nouvelles, ils lui répondirent qu'ils allaient bien et que le repas était excellent. Erick l'invita à s'asseoir un moment avec eux. L'homme voulait savoir ce qu'ils faisaient dans les parages. Après un regard à Talon, Erick décida que c'était le bon moment pour commencer à poser des questions. Il devait savoir ce qui se passait ici.

— J'étais ici il y a deux ans, j'ai été impliqué dans un grave accident et je suis revenu pour voir ça d'un autre œil et je sais que je n'aurai pas de réponses mais, parfois, juste de voir l'endroit, ça peut aider, fit-il à mi-voix.

— Je n'ai pas entendu parler d'un accident ces dernières années. Quel genre de véhicule conduisiez-vous à l'époque ? demanda l'homme dans un anglais irréprochable.

— Nous étions dans l'armée, dit Talon.

Instantanément, l'homme se renfrogna.

— Il y a eu un accident terrible il y a quelques années de ça, un très mauvais moment, fit-il lentement.

— Notre véhicule a roulé sur une mine antichar, acquiesça Erick.

— Vous avez de la chance d'être encore en vie, grimaça leur interlocuteur.

— L'un des membres de notre équipe n'a pas survécu, j'aurais espéré trouver les lieux de l'accident, m'y asseoir un moment pour pouvoir retrouver une certaine paix intérieure et faire le deuil de mon ami, expliqua Erick tandis qu'il continuait de manger, son regard rivé au visage de l'homme qui hocha la tête lentement.

— Ce n'est pas si facile à trouver, je crois.

— Oui, c'est certain. Vous souvenez-vous de l'endroit ?

Le patron acquiesça. Il dessina une carte grossière sur la nappe, pointant du doigt là où ils se trouvaient à ce moment-là, puis traça une croix un peu plus haut sur la table. Ses informations faisaient revenir les souvenirs d'Erick. Et, s'ils pouvaient utiliser le système de Tesla pour s'assurer que l'endroit ne soit pas infesté de mines, c'était une occasion en or. Lorsqu'ils eurent fini de manger et après avoir payé en laissant un pourboire généreux, ils sortirent en emportant de quoi manger à Cade.

— Est-ce qu'on le croit ? demanda Erick à Talon alors qu'ils sortaient dans la nuit fraîche.

— Je le crois mais je ne suis pas bien certain de pouvoir faire confiance aux autres gars dans le restaurant, j'avais l'impression qu'ils écoutaient…

— Bien de ton avis. Faut que j'admette que si j'en ai parlé, c'était aussi parce que j'espérais pouvoir repérer quelqu'un qui risquerait de nous suivre demain.

— Le problème, c'est qu'ils pourraient très bien nous y attendre…

— Je n'avais pas l'intention de dormir beaucoup, je voulais conduire en journée, mais maintenant, je veux qu'on parte dès que Tesla a déployé son système.

— C'est une bonne chose qu'on ne soit pas allés directement sur place et qu'on soit venu au village par la route principale. Oui, on devra rebrousser chemin pour aller sur les lieux de l'accident mais je ne peux pas m'empêcher de penser à la présence d'une seconde mine antichar. La dernière chose que j'ai envie de trouver, c'est la copie de celle qui nous a fait sauter.

— Exactement… mais je sais que Tesla y travaille. Nous avons un ordinateur qui peut faire tourner son programme ou du moins un bout de son programme et, tant qu'on peut lui faire analyser la zone, tout ira bien pour nous.

Une fois de retour à l'hôtel, Erick tendit sa nourriture à Cade qui l'avala goulûment. Une fois le récipient vide, il regarda Erick.

— T'aurais pu voir plus grand, hein…

Erick hocha la tête et lui montra le second sac.

— C'est pour demain matin…

— À quelle heure on part ? demanda Cade.

— Dès que Tesla nous donne le feu vert, donc dans environ six heures. On a besoin de dormir autant que l'on peut pour être en forme demain pour prendre la route dès que possible.

— Alors, je vais dormir en premier, j'ai eu du mal à rester éveillé tout à l'heure, fit Cade qui se dirigea vers son lit et s'allongea face à la fenêtre.

Quelques minutes plus tard, il ronflait déjà. Erick savait qu'il ne dormirait pas facilement.

— Je prends le premier quart, tu as conduit toute la journée, repose-toi, dit-il à l'intention de Talon qui venait de s'allonger.

Au même moment, le téléphone d'Erick vibra. C'était Mason.

— Salut, Mason ! Tu as du nouveau ?

— Tesla a lancé son système, elle aura votre emplacement en fonction des coordonnées GPS de ton téléphone. Maintenant, il faut qu'on sache le lieu exact de votre accident, répondit Mason.

Tous les deux passèrent en revue la carte dont ils disposaient tandis que Tesla passait la zone au radar.

— Elle se rapproche de la zone via satellite et, jusqu'à présent, n'a rien trouvé entre vous et le site de l'accident.

— Bonne chose ! Je sais qu'il s'en est vendu une deuxième et on ignore où elle se trouve…

— Est-ce que tu as pensé qu'elles ont pu exploser en même temps ?

— Ce serait possible mais dans ce cas-là, nous serions tous morts. Pour tout dire, on a seulement effleuré le côté et ça l'a fait détonner, ce qui a retourné le véhicule. Si on avait roulé directement dessus, le véhicule aurait explosé en millions de petits morceaux. Alors je ne m'attends pas à ce qu'ils en aient utilisé deux. Je ne sais même pas s'il y a eu une enquête pour savoir s'il y en avait d'autres à ce moment-là, fit Erick qui entendit Tesla.

— Est-ce qu'elle peut vérifier l'itinéraire entre les lieux de l'accident et le prochain village ?

— Elle y travaille en ce moment même. Elle a l'intention de quadriller la zone et de vous assurer une porte de sortie. Nous aimerions être certains que vous avez le choix si c'était nécessaire. Je peux te scanner ce que j'ai sur papier et te l'envoyer.

— Ça me paraît bien. Cette fois-ci, on doit faire tout ce que l'on peut pour s'en tirer indemnes.

— On va vous y aider. Un sale accident nous a largement suffi. C'est déjà assez dangereux comme ça. Ne faisons pas une deuxième édition de ce qui s'est passé il y a deux ans, fit Mason juste avant de raccrocher.

Erick s'allongea sur le lit de camp et regarda fixement le plafond. Il savait qu'il passerait une mauvaise nuit. Le lendemain ferait remonter aussi d'autres souvenirs difficiles. C'était lui qui avait insisté pour revenir sur les lieux de l'accident mais il savait qu'il y avait de grandes chances que cela ravive des moments difficiles. Il espérait seulement qu'avoir des réponses ferait disparaître complètement les cauchemars.

— Du nouveau ? demanda Talon à voix basse.

— Non, pas vraiment. Tesla n'a pas trouvé d'autres mines, elle va nous envoyer une carte dès qu'elle a fini de scanner. Mason va aussi nous envoyer plusieurs itinéraires pour partir d'ici sans risques et s'assurer qu'on rentre à la maison en un seul morceau cette fois.

— Dieu merci, fit Talon qui se retourna et se rendormit.

Mais Erick ne dormit pas. Pas ce soir-là et pas avant un long moment. Pas tant qu'ils n'en avaient pas fini avec cette merde.

CHAPITRE 5

LORSQUE HONEY SE réveilla le lendemain matin, elle fut surprise d'avoir dormi d'une traite. Se redressant, elle regarda les alentours et, se sentant bien mieux, elle alla se doucher. Quand elle eut fini de se préparer, il lui restait moins de temps qu'elle l'aurait cru ; le séminaire commençait une demi-heure plus tard, ce qui ne lui donnait que le temps d'aller chercher un café et un muffin à emporter au coffee shop.

Elle se saisit de son sac et de la clé de sa chambre et, sitôt sortie, elle tomba sur Laszlo qui était adossé au chambranle, ce qui lui fit pousser un petit cri surpris. Il lui fallut plusieurs grandes inspirations pour que son cœur cesse de s'affoler.

— Tu n'as quand même pas passé toute la nuit ici ? demanda-t-elle.

— Je suis resté assez longtemps pour m'assurer que tu allais bien… sourit-il.

— Eh bien, tu n'es plus en faction à présent. Je vais déjeuner et je vais passer la journée au séminaire, assura Honey.

— Un café, ça me paraît être un bon plan, fit-il avec un large sourire et il se dirigea avec elle vers l'ascenseur.

Honey le regarda d'un air suspicieux.

— Tu ne vas pas passer la journée avec moi, on est bien d'accord ?

— Ah non ! Moi aussi, je travaille, répondit-il.

Dès qu'ils arrivèrent dans le lobby, il se dirigea vers l'entrée de l'hôtel et, soulagée, elle se dirigea vers le café.

À la fin de la journée, son esprit grouillait de nouvelles informations et elle avait fait connaissance avec des personnes vraiment géniales, ce qui lui procurait une satisfaction autant intellectuelle qu'émotionnelle. Venir avait été une très bonne décision même si cela avait été onéreux et difficile de s'organiser dans des délais si brefs, mais tout avait été parfait. David avait été sympathique et amical, et ç'avait beaucoup aidé. Elle avait horreur de se dire qu'il s'attendait à autre chose après le séminaire. Du moins, c'était l'impression que cela lui faisait : que, même pour seulement quelques jours, il espérait davantage venant d'elle.

Cela faisait déjà un certain temps qu'un homme ne s'était pas intéressé à elle de la sorte. Depuis l'année précédente, elle vivait en ermite. Et quand bien même c'était flatteur, David ne l'intéressait pas comme ça. Encore moins depuis qu'elle avait revu Erick. L'homme armé avait eu raison sur ce point et même si ça lui foutait la trouille d'envisager qu'une autre personne, et plus particulièrement un dangereux inconnu, ait pu le remarquer.

Toujours est-il qu'il restait encore une journée complète de séminaire qui serait essentiellement une conclusion et une séance de questions avec les conférenciers. La rencontre de la veille au soir lui avait rapidement porté un coup au moral. Pas juste la présence de l'homme armé dans sa chambre d'hôtel et le fait qu'il ait pointé son pistolet sur elle mais aussi le fait qu'il ait menacé Erick, qu'il l'ait menacé si elle parlait de lui à quiconque. Et ce type était en liberté. Quel genre de citoyenne était-elle si elle ne mettait pas au courant la Police locale de la présence d'un homme armé dans les parages ?

Mais il y avait un problème : elle n'était pas dans un pays occidental. Et en tant que femme, on ne donnerait pas à sa déposition la même importance que celle d'un homme du pays. Et comme personne d'autre ne l'avait vu, que personne n'avait été dérangé par lui et qu'il n'était entré par effraction dans la chambre d'aucune autre personne (à ce qu'elle sache), elle n'était pas certaine de pouvoir faire grand-chose pour changer la situation. Laszlo avait passé la nuit à proximité et s'était assuré qu'elle ne soit pas seule si jamais il revenait. Et elle avait apprécié ça mais elle ne savait pas ce qu'elle devait penser de son arrivée. Ou du fait qu'il soit un ami d'Erick. Ça devait être Erick qui lui avait donné ces instructions se disait-elle ou alors c'était peut-être le naturel chevaleresque de Laszlo mais, à en juger par son apparence, il était dans l'armée, comme Erick et ses amis. Elle espérait que la devise « Servir et défendre » s'appliquait aussi aux femmes sans défense.

— Hey Honey, tu as des projets pour le dîner de ce soir ? l'interpella-t-on.

Elle se retourna. C'était David, elle le regarda attentivement en cherchant un signe de quelque chose d'autre que de l'amitié mais, si son sourire était large, il n'avait rien de malsain.

— Non, pas encore, tu as quelque chose à me proposer ? demanda-t-elle, se maudissant de ne pas profiter autant que possible du temps dont elle disposait sur place, mais elle ne voulait pas se retrouver seule avec David, espérant éviter un moment déplaisant où elle aurait à repousser ses avances comme ça pouvait être le cas plus tard dans la soirée. Elle essayerait de rester amicale pendant la journée mais sûrement moins que la veille. Sa suggestion fut accueillie avec soulagement.

— On va sortir en groupe dans un restaurant à quelques rues d'ici. Ce n'est pas bien loin, on peut y aller à pied.

— Ça m'a l'air parfait. Est-ce que l'on y va maintenant ? Ou c'est peut-être un peu trop tôt, non, demanda-t-elle en souriant et après avoir vérifié l'heure sur son téléphone.

— Oui, c'est quand même tôt. On se retrouve ici dans deux heures si ça te convient ? demanda David.

— Parfait, répondit-elle, toujours souriante mais aussitôt qu'elle se retourna son sourire retomba. Elle avait éteint son téléphone pour ne déranger personne au séminaire mais, dès qu'elle le ralluma, elle vit qu'elle avait manqué plusieurs textos et un appel. Trois messages d'Erick et deux de Kat, et elle retourna à sa chambre, approchant la porte avec inquiétude. Parce que la dernière fois qu'elle était entrée, quelqu'un l'attendait et elle ne voulait pas que ça se reproduise.

Et puis, elle ne voulait pas que l'on entende son appel ou qu'on lise ses textos. Elle ouvrit la porte qu'elle poussa mais resta dans le couloir. Elle entendit rire et se rendit compte que Laszlo avait ouvert sa porte et se tenait contre le chambranle, la regardant. Elle sourit.

— Est-ce que ça veut dire que je peux entrer sans risque dans ma chambre ?

— Absolument. Mais juste au cas où… dit-il en traversant le couloir puis entrant dans la chambre d'Honey et l'appela pour lui dire que le champ était libre. Elle entra avec soulagement.

— Je n'étais pas certaine que tu aurais un œil sur le couloir toute la journée. Je me disais qu'un grand gaillard comme toi aurait mieux à faire aujourd'hui…

— C'est le cas, mais ni maintenant ni tant que je suis là, fit-il avec un large sourire et un clin d'œil.

Elle comprit. Ou bien c'était une mission ou alors il

avait une raison particulière de faire ça mais il ne quitterait pas son poste à moins de retourner avec elle dans le lobby. Honey alla déposer son sac à main sur son lit et lui sourit.

— J'apprécie que tu gardes l'œil ouvert !

— De toute façon, je surveillais le couloir, fit-il en haussant les épaules.

— Et j'imagine que tu n'as rien vu ? acquiesça-t-elle.

— Rien, le calme plat, dit-il joyeusement.

— Et Erick ?

— Et quoi Erick ? demanda-t-il sur un ton neutre, trop neutre.

— J'ai manqué plusieurs textos et deux appels de Kat. Il se passe quelque chose, dit-elle, téléphone en main.

— Peut-être que tu peux regarder de quoi il s'agit…

Elle eut un regard en coin pour Laszlo.

— C'est pour ça que je suis allée dans ma chambre, je ne veux pas que l'on me voie ou m'entende.

— C'est pas une mauvaise idée si on prend en considération le fait que quelqu'un essaye de te mettre le grappin dessus…

Elle parcourut ses textos : c'était principalement Erick qui s'assurait qu'elle ait passé une bonne journée, que sa nuit ait été correcte et que tout se soit bien passé en plus de lui demander si elle avait vu l'homme armé. Elle répondit à l'affirmative pour tout sauf la dernière question, lui dit qu'elle venait de finir le séminaire pour la journée et que jusqu'à présent, tout s'était passé sans encombre. Elle passa ensuite à l'appel et appuya sur la touche de rappel, attendant que son amie décroche.

— Coucou, fit-elle en se laissant tomber sur le lit.

Laszlo se tenait à côté de la porte-fenêtre et ne faisait pas mine de partir. Elle n'était pas certaine de lui demander si c'était pour des raisons personnelles ou parce que Kat faisait aussi partie de leur groupe, mais peut-être qu'il voulait être lui aussi certain que tout allait bien.

— Enfin te voilà, s'exclama Kat.

— J'ai passé la journée au séminaire et on a été bien occupés ! fit Honey.

— Tu apprends beaucoup ?

— Des quantités. Malheureusement, ce sont des technologies qu'on ne pourra pas utiliser aux États-Unis avant longtemps mais au moins je sais ce qui nous attend, c'est ce que je voulais savoir et pas me contenter de ce que je peux faire à présent.

— Ça, c'est bien toi, toujours à voir en plus grand et en mieux, fit Kat en riant.

— Et pas toi ? À cet égard, on se ressemble beaucoup toi et moi, répondit Honey, se moquant gentiment de son amie.

— Oh oui, on se ressemble beaucoup, acquiesça Kat.

— Tu m'appelais pour quelque chose de particulier ?

— En dehors de m'assurer que tu sois en sécurité, non, rit-elle, et que j'espérais que tu évites les ennuis pour pouvoir prendre ton vol de retour sans problème.

— Parce qu'il y aurait quelque chose qui pourrait m'en empêcher ?

— Eh bien, je t'ai déjà raconté un peu ce qui est arrivé chez moi et je ne le souhaite à personne. Et puis, si tu as un homme armé dans ton hôtel, c'est vraiment encore plus moche…

— C'est Badger qui t'a parlé de l'homme armé, pas vrai ?

— Oui, Laszlo et lui ont passé la matinée à discuter. Badger attend le feu vert pour l'opération.

— Et Erick ? J'imagine qu'il est parti faire ce pour quoi il est venu ici.

— On n'a pas entendu parler de lui depuis quelques heures, ça m'inquiète un petit peu, mais pas outre mesure non plus, je sais qu'il n'y a pas beaucoup de réseau dans le coin.

— Combien de temps ?

— Environ quatre heures, mais ils avaient aussi un sacré bout de route à faire et ils n'allaient pas qu'à un seul endroit, alors je ne me fais pas encore de souci.

— Eh bien, quand tu commenceras à t'inquiéter, dis-moi, parce que l'idée qu'il lui arrive quelque chose loin d'ici me fait horreur.

— Il n'y a rien que l'on puisse faire, ces hommes sont bien entraînés et je suis certaine qu'il n'y a rien qu'ils ne puissent affronter, fit calmement Kat.

— Tout le monde meurt un jour, que ce soit de vieillesse, d'un cancer ou d'une balle de fusil, personne n'échappe à la mort.

— C'est vrai, mais si quelqu'un a neuf vies, ce sont bien ces gars. Enfin, maintenant que je sais que tu vas bien, je vais y aller et partir travailler.

Les deux femmes se saluèrent et, une fois qu'elle eut raccroché, Honey jeta son téléphone sur le lit et se retourna vers Laszlo.

— Est-ce qu'Erick va bien ? Apparemment, silence radio depuis au moins quatre heures…

— On n'est pas dans l'armée, tu sais, fit remarquer Laszlo en haussant légèrement les sourcils que la formulation d'Honey avait fait tiquer.

— Vous n'êtes plus dans l'armée régulière, mais quoi que vous fissiez avant et ce que vous faites maintenant, le patron a peut-être changé mais je ne crois pas que le boulot soit différent.

— C'est personnel.

— Ça m'a l'air encore pire, fit-elle après l'avoir jaugé un long moment.

Laszlo fit le choix de ne pas relever.

— Ok, alors on ne me dira que ce que j'ai besoin de savoir et je n'ai pas besoin d'en savoir plus… Apparemment, des hommes armés peuvent rentrer dans ma chambre après m'avoir vue discuter cinq minutes avec Erick et s'être dit que j'avais un rapport quelconque avec lui et, pourtant, je n'ai même pas le droit de savoir pourquoi… protesta Honey.

— Une trahison !

— Tu peux être un peu plus explicite que ça ? grimaça-t-elle sans vraiment comprendre.

— On essaye de découvrir si le véhicule militaire dans lequel nous étions en mission a été délibérément visé par une mine antichar qui l'a fait exploser, nous avons été tous grièvement blessés et l'un de nos équipiers a été tué.

— Ce n'est pas une revanche ? Et comment pourriez-vous trouver quelque chose après tout ce temps ? demanda-t-elle avec méfiance.

Son estomac se noua et elle eut un haut-le-cœur à l'idée.

— C'est bien là le problème et c'est pour ça que nous sommes là.

Elle hocha la tête.

— Ça s'est passé ici ? En Afghanistan ?

— Oui, et déjà rien que de trouver le fin mot de l'histoire après deux ans est particulièrement difficile mais à présent nous n'avons plus accès aux informations militaires comme à l'époque.

Elle l'étudia attentivement puis comprit.

— Vous pensez que c'est l'un des vôtres qui vous a fait un coup pareil, pas vrai ?

— Oui, acquiesça-t-il immédiatement.

ERICK REGARDA LE sol rocailleux impitoyable et sans fin qui les entourait. Eux trois connaissaient mieux le sable et la poussière avec de rares buissons épars mais, là, il n'y avait pratiquement rien pour rompre la monotonie de l'espace. Puis, à un moment, ils butèrent contre des roches, ce qui fut assez inhabituel pour qu'ils arrêtent le véhicule, en descendent et inspectent les pierres. Mais c'était apparemment naturel et pas le résultat d'une activité humaine.

Grimpant sur le plus haut des rochers, Erick regarda les alentours. Rien ne lui semblait familier. Et ça le tracassait. Il ne l'avait dit à personne en dehors de ses médecins mais il avait oublié une grande partie de ce qui s'était passé deux ans auparavant. Les médecins lui avaient évidemment dit que l'amnésie était sûrement liée au traumatisme. Sans parler du fait qu'il s'agissait d'un mécanisme de défense. Mais, en considérant qu'il faisait encore beaucoup de cauchemars de l'accident, il ne comprenait pas pourquoi il n'arrivait pas à se rappeler des événements avant qu'il n'ait lieu. Il devait y avoir quelque chose dans sa tête…

Il se rappelait être dans le véhicule, que le trajet avait duré des heures. Ils s'étaient arrêtés, avaient fait quelques vérifications, avaient appelé la base, avaient fait une mission de reconnaissance et la mise en évidence des points de repères proches. Et, après ça, le blanc total jusqu'à l'accident. À dire vrai, il ne se souvenait même plus du moment de l'accident.

— Est-ce que quelqu'un d'autre ne garde pas beaucoup de souvenirs de ce qui s'est passé ce jour-là ? demanda Talon, ses mots reflétant une inquiétude similaire à celle d'Erick.

— Oui, moi, confessa-t-il, dans mes cauchemars, ce qui revient c'est le moment où la mine me fait sauter, les détails sont très clairs. Mais ni le moment ni la distance. Je ne me souviens pas combien de kilomètres nous avions parcourus après notre dernier arrêt ni la direction dans laquelle nous allions. Tout ça est flou. La dernière chose dont je me souviens, c'est les montagnes au loin. Et on sait à présent qu'elles sont à plusieurs heures d'ici.

— Je suis sûr que les médecins t'ont dit que c'était parfaitement normal, fit Cade sur un ton moqueur.

Ce qui fit réaliser à Erick que Cade et Talon avaient probablement entendu le même discours à plusieurs reprises.

— Tout à fait. Et toi ?

— Ils m'ont dit ça, oui… acquiesça Talon.

— Ils m'ont dit ça aussi et, honnêtement, au bout d'un moment j'ai fini par me souvenir du plus gros mais je crois que j'ai perdu à jamais les détails de l'accident… en admettant que j'aie pu m'en souvenir un jour. L'explosion est venue de nulle part, nous n'avions pas eu le temps de nous préparer alors j'ai davantage des ressentis que des souvenirs, expliqua Cade.

— Je me demande si Badger se souvient et si c'est pour ça qu'il insistait autant que quelque chose se tramait. Je n'ai jamais pensé lui poser la question, dit Talon.

— Je me souviens qu'au tout début, il avait dit quelque chose… un vieillard sur une colline, ajouta Cade.

— Quel homme ? Tu as vu quelqu'un ? demanda Erick toujours juché sur son rocher, puis il dévisagea Cade.

— Non, Badger avait dit qu'il avait vu quelqu'un. Juste après l'accident, je me souviens l'avoir entendu crier quelque chose sur un homme qu'il avait vu sur la colline. À ce moment-là, j'ai cru qu'il parlait seulement de l'arrivée des secouristes et qu'on nous emmenait sur des brancards. Parce que c'était vraiment le chaos quand ils ont finalement réussi à nous atteindre.

— Et tu n'as jamais su clairement ?

— Je crois bien qu'il n'a jamais su clairement lui non plus, de ce que je sais.

— Je n'en ai jamais entendu parler. Mais si tu penses qu'il a vu quelqu'un avant les événements, ça expliquerait potentiellement pourquoi il a toujours eu ce doute qui lui trotte dans un coin de la tête, fit Talon, pensif.

— Badger a toujours eu un instinct très marqué. S'il doute, tu sais qu'il ne laissera rien passer mais je crois qu'il faudra qu'on vérifie avec lui parce que j'ignorais cette information. Et ça me fait me demander s'il n'y a pas d'autres choses que l'on n'a pas pris le temps de se dire en tant que groupe, dit Erick.

Cade hocha la tête lentement.

— Tu as raison ! Nous avons tous des perspectives différentes, des souvenirs différents et, depuis le temps, on ne s'est même jamais retrouvés tous ensemble.

— Nous n'avons même pas pu nous retrouver aux funérailles de Mouse.

— Oui… Je sais que Badger est allé voir sa tombe, mais pas moi, fit Erick, le cœur lourd.

— Est-ce que Badger a fait ça pour essayer de tourner la page ? Parce que si c'est le cas, je ne crois pas que ça ait beaucoup aidé. Parce que tourner à la page n'est pas encore à l'ordre du jour pour lui. C'est lui qui nous a décidés à passer à la vitesse supérieure.

— Non, je crois plutôt qu'il y est allé pour faire une promesse, dit Cade.

— Maintenant, je comprends. Nous avons roulé pendant des heures, continuons, fit Erick en pivotant sur lui-même.

Il était encore assez tôt alors ils décidèrent d'aller d'abord sur les lieux de l'accident pour revenir ensuite au village et s'entretenir avec tout le monde. Était-ce quelqu'un du village qui avait causé l'accident ? Cela semblait peu probable mais Erick n'était sûr de rien.

— On ne peut pas croire sincèrement que quelqu'un ait pu nous voir rouler sur ce truc, pas vrai ?

— Difficile à dire, je croyais que Mouse dormait à ce moment-là, répondit Cade.

— Oui, je me souviens de ça moi aussi, il avait pris une grosse quantité d'équipement et s'était entouré de tout ça pour pouvoir couper le bruit que l'on faisait et pourtant on n'était pas particulièrement bruyants… acquiesça Erick en fronçant les sourcils.

— Non mais tu te souviens que Mouse ne dormait pas très bien à moins d'être dans le silence absolu, ce qui pouvait très bien marcher lors de certaines missions mais ça pouvait aussi être tout à fait impossible dans d'autres.

— Et on aurait pu se dire qu'avec tout ce rembourrage, ça l'aurait sauvé mais au lieu de ça, il a reçu un coup direct.

Cela suffit à couper court à leur conversation. En silence, ils retournèrent au véhicule et passèrent une petite montée. Erick se pencha en avant, se mettant presque debout.

— Voilà, c'est là ! Je me souviens de ça. Et puis, la petite butte juste là. On a descendu cette pente doucement, fit-il en pointant du doigt le repère suivant.

Erick se réinstalla sur son siège, vérifia ses cartes et ses coordonnées GPS puis il dit que Tesla annonçait que le champ était libre. Talon accéléra légèrement.

— J'avoue que ce n'est pas la chose la plus facile que de

reprendre cette route…

— Regardez… chuchota Cade.

Là, à demi enterrés dans le sable, oublié par le temps, se trouvaient un pare-brise et le toit de la cabine du camion dans lequel ils avaient été. Talon s'arrêta et ils restèrent là, assis pendant un long moment à le contempler.

— Cette route n'est pas fréquentée, pas d'autres camions enfouis ici ni aucune trace de pneus et depuis un moment.

Le sol était compact et sec, rien qui ne puisse être remarquable sur la route. Le temps avait réussi à effacer le gros de ce qui s'était passé mais il y avait des morceaux de métal, un pneu couché sur le côté à gauche, le caoutchouc en lambeaux. L'explosion avait perforé les joints et les avait réduits à néant.

— Je veux sortir et aller voir, fit Erick.

— On va tous y aller et on prendra des photos, je voudrais en avoir pour pouvoir me souvenir à quoi ça ressemble à présent.

— On devrait aussi donner les coordonnées GPS à Tesla. L'endroit exact. Celles qu'on lui a données tout à l'heure, c'était celles fournies par l'armée. Dans nos dossiers. Mais ici, elle ne pourrait pas faire plus proche de l'emplacement exact. Peut-être qu'elle pourra trouver quelque chose avec son logiciel.

— Si elle peut trouver des mines, peut-être qu'elle peut aussi trouver d'autres objets, non ? Comme ton téléphone ? demanda Cade.

Erick haussa les épaules, ouvrit sa portière et descendit du véhicule. Puis il se tourna et se dirigea vers le premier gros débris qu'il vit.

— Cette femme peut trouver des trucs dont j'ignore l'existence, mais il nous faut lui donner autant d'informations que possible, qu'elle ait de quoi pouvoir travailler.

— Bien d'accord !

Ils étaient tous équipés de téléphones avec appareil photo et prirent autant de photos qu'ils purent. C'était comme approcher une tombe. Tant d'hommes avaient été grièvement blessés. Sept d'entre eux, leurs vies à jamais changées par ce qui s'était passé ce jour-là. Et puis Mouse… Lentement, ils observèrent les restes encore visibles du camion.

— Ils n'ont pas fait le ménage ? J'imagine que je ne devrais pas être surpris, et pourtant… fit Erick avec fureur et dureté.

— Pense à l'équipement nécessaire pour ramener ça. Ils se sont probablement dit que la nature allait dissimuler les traces… et ils ont eu raison…

Toujours était-il que, çà et là, on voyait des traces de présence humaine. Attaché au verre à l'intérieur, collé au tableau de bord, Erick vit quelque chose qui ressemblait à un morceau de tissu. Le reste devait être parti depuis longtemps. Probablement une veste ou un bout de t-shirt. Il s'accroupit et se doutait qu'il y verrait du sang séché, il eut le cœur brisé de voir que c'était bien le cas.

Tandis qu'il observait les lieux, il se demandait à quel point s'étaient éparpillés les morceaux du véhicule. Il pouvait voir la marque sur le flanc à l'endroit où était partie l'explosion. Il regarda attentivement le débris. Ce qui le tracassait, c'était de voir à quel point l'explosion venait du bord de la route.

Talon vint le retrouver.

— Tu vois ? J'étais sur la route tout du long et, même après deux ans, on voit bien que la route était là alors soit c'est le pneu qui a suffi à déclencher la mine…

— Ou alors il y avait une seconde mine, enfouie à côté de l'autre et, dès que tu en touches une, tu fais sauter les deux. Dans tous les cas, nous n'avions aucune chance… suppléa Erick.

— Quelles sont les chances que quelqu'un ait tiré sur la mine pour déclencher l'explosion alors qu'on se rapprochait ? demanda Cade.

Erick et Talon le regardèrent et haussèrent les épaules.

— Je ne sais pas bien comment ça marche mais il doit être possible d'utiliser un déclencheur à pression si la personne y tient vraiment. Mais la question demeure, qui a fait ça ?

— C'est sûrement plus simple d'utiliser un fil de détente. Il y a des tas de façon d'y arriver, pourquoi faire ça compliqué ? Si la mine était enfouie sur une route passante, ce serait compréhensible, mais pourquoi ici ? Il n'y a rien ici. Le village est à une heure de route mais il n'y a rien d'autre dans les parages. Alors qu'est-ce que fait une mine ici ? demanda Talon en ouvrant grand les bras et en pivotant sur lui-même, montrant la vaste étendue déserte qui les entourait.

— Pas grand-chose si rien ne la déclenche mais, comme on le sait bien, si elle est déclenchée, ça engendre un chaos terrible.

L'heure qui suivit, ils parcoururent les alentours, regardant attentivement ce qui restait d'un temps qu'ils n'avaient pas oublié. De ce qu'Erick pouvait voir, ils ne trouvaient aucun indice qui les aiderait à avoir le fin mot de l'histoire. Pas plus qu'il n'y avait d'objets personnels. Impossible de dire si c'était bien le véhicule dans lequel ils avaient sauté mais Erick ne pouvait pas imaginer un autre véhicule au même endroit. Il y avait aussi une chance que, s'il devait y avoir une seconde mine, elle ait été enterrée dans les parages. Mais, selon Tesla, il n'y en avait aucun signe.

Peut-être que les gros débris métalliques venant du véhicule déchiqueté auraient pu fausser ses informations. Il n'allait pas prendre le risque de s'aventurer trop loin et fit son chemin prudemment entre les morceaux d'épave vieux de deux ans. Il n'était même pas certain de ce qu'il cherchait mais il savait seulement qu'il avait besoin de venir, de voir et peut-être pouvoir tourner la page. Mais alors qu'il regardait fixement ce qu'il restait du véhicule, il se rendit compte à quel point il avait de la chance d'être toujours en vie et combien c'était triste que Mouse, qui s'était calfeutré pour pouvoir dormir, soit mort. Il avait été le plus jeune d'entre eux, celui en meilleure forme de toutes les façons possible. Perdre un jeune homme dans la fleur de l'âge était vraiment absurde. Erick ne l'avait pas vu… après… mais il n'avait pas vu ses amis non plus. Il avait été pratiquement inconscient durant tout le temps où ils avaient attendu les secours. Badger n'avait pas eu cette chance ; il était resté allongé là, la jambe arrachée, luttant pour pouvoir contacter les autres. C'était Badger qui avait pu appeler les deux autres véhicules.

Et c'était Badger qui lui avait agrippé la main et qui lui avait dit de s'accrocher. Erick se souvenait de la voix de Badger au moment où il avait été plongé dans une brume noire de douleur et d'angoisse. Et il se souvenait aussi l'avoir entendu crier alors qu'il tentait d'avoir des nouvelles des autres hommes. Certains avaient été trop éloignés pour que Badger puisse les retrouver. Lui-même avait perdu beaucoup de sang et il ne faisait qu'aggraver ses blessures en essayant de retrouver tout le monde.

C'était étrange de se dire qu'ils n'avaient jamais parlé de ce moment-là. Il n'avait jamais demandé quoi que ce soit sur ce moment à Badger. Mais il se souvenait de sa voix. Et en parler faisait remonter à la surface beaucoup plus de douleur qu'il n'était prêt à faire face à cet instant. Il y a des choses qu'il fallait oublier.

— Vous en pensez quoi de ça ? demanda Cade en s'adressant aux deux autres qui se retournèrent.

Cade était à plus de cent mètres.

— Qu'est-ce que tu fiches aussi loin ? demanda Erick, étonné.

— Je ne reconnais pas ce morceau de métal, expliqua-t-il.

Erick et Talon le rejoignirent et virent un morceau de métal tordu.

— C'est un morceau de la mine, nous avancions quand la mine nous a trouvés et que la détonation nous a fait voltiger, fit Erick avec incrédulité en voyant la distance à laquelle le véhicule avait été envoyé.

— Ou l'une des deux, ajouta Talon.

— Oui, c'est aussi une possibilité, aussi déprimant que ce soit, fit Erick.

— Ça ne nous aide pas du tout, dit Cade.

— À moins qu'on puisse trouver un numéro de série ou un nom de fabricant, ajouta Erick.

— Ça ne nous aidera pas plus, c'était il y a deux ans de ça et qui s'en soucie ? On sait déjà qui était le fournisseur le plus probable, dit Talon.

Mais Cade s'était accroupi contre la pièce métallique et s'affairait à creuser.

— Peut-être bien que non, regardez ça, fit-il à mi-voix.

Erick se rapprocha et s'accroupit à côté de lui. L'air lui manqua.

— Oh bordel !

Property of US military, propriété de l'armée américaine, était écrit sur le côté de l'objet. Les trois hommes se regardèrent, envahis par une colère sombre face à la tournure que venaient de prendre les événements. Cade prit une photo.

— Bien sûr que c'est l'une des nôtres et il y a de grandes chances qu'elle vienne du même fournisseur, fit Talon.

— Non, ça veut dire que ça vient probablement de lui. Je suis sûr qu'il se fait pas mal d'argent en volant sur toutes les bases. À quel point est-ce facile de se retourner contre nous et vendre à nos ennemis les munitions volées ? À quel point c'est facile de les utiliser contre nous ? demanda Erick.

— Ça ne change rien… Que notre propre pays ait fabriqué les armes qui ont été utilisées contre nous, ça ne nous dit toujours pas quel camp ou quel groupe les a posées là. Ou quel camp ou quel groupe a payé pour les poser-là.

— Non, mais on se rapproche du but, dit Cade qui se redressa, regarda l'épave et demanda aux deux autres s'ils voulaient encore rester un moment sur place.

Erick contempla les alentours. Il avait passé presque deux heures ici et avait pris des centaines de photos.

— Non, ça ira. Je serais content de ne jamais avoir à revenir et voir ça de mon vivant, dit-il, puis il se retourna et se dirigea vers leur voiture.

CHAPITRE 6

HONEY ETAIT PRETE pour le dîner et descendit retrouver le groupe au rez-de-chaussée et, tandis qu'elle se dirigeait vers le restaurant, son téléphone bipa. Elle se demanda bien pourquoi à cet instant-là. Il y avait un décalage horaire de presque dix heures et demie avec les États-Unis. Au moment où elle cliqua sur son téléphone, l'un des hommes rit.

— Qu'est-ce qui se passe ? Vous ne pouvez pas quitter votre amant quelques heures le temps de dîner avec nous ? demanda-t-il.

— Y-a-t-il quelque chose que j'ignore ? fit David, braquant sur elle un regard interrogateur.

Elle sourit mais ne répondit pas. C'était Erick qui venait aux nouvelles et elle lui répondit rapidement.

Tu n'as pas à t'inquiéter, je vais bien.

La réponse arriva tout aussi rapidement.

Je continuerai de m'inquiéter.

Très bien mais je croyais que tu avais d'autres choses plus intéressantes dans ta vie.

C'est le cas, mais peut-être que tu en fais aussi partie.

Pourquoi ? Tu veux que j'percute encore une fois ta Mustang ?

Elle se demanda si elle n'était pas allée trop loin cette fois-ci.

Non, cette fois, je te verrai venir.

Elle grimaça. Peut-être que c'était de bonne guerre. Et elle répondit.

Laszlo s'occupe de moi, tu n'es pas obligé…

Il lui fallut cette fois-ci un peu plus de temps pour répondre. Honey se demanda s'il allait relever. Puis elle reçut sa réponse.

Et tu restes avec lui ?

Non, bien sûr que non.

Très bien.

Pourquoi ?

C'était une bonne chose qu'elle soit coincée avec le reste du groupe sinon elle aurait fini par descendre du trottoir. David avait passé un bras sur ses épaules pour la rapprocher de lui. Elle sourit et murmura un remerciement. Elle peinait à marcher et envoyer des textos en même temps. Beaucoup de gens y arrivaient mais pas elle. Elle préférait s'asseoir et se concentrer sur une seule chose à la fois.

Finalement, ils entrèrent dans le restaurant et elle se dit qu'elle aurait peut-être dû dire à Erick ce qu'elle faisait. Elle jeta un regard aux alentours. L'intérieur du restaurant était plus sombre et pas du genre café. C'était plus raffiné. Elle envoya un message rapide.

Je dîne en intérieur dans un restaurant avec d'autres participants du séminaire.

Bien. Assure tes arrières.

— Assure les tiennes ! fit-elle à haute voix sur un ton cassant et David la regarda de travers, ce qui la fit grimacer.

— Excuse-moi, je ne me suis pas rendu compte que je parlais à haute voix, c'est seulement un ami, fit-elle en agitant son téléphone.

— Ça doit être un sacré ami ça, rit-il, ça ne te plaît pas

ça ? On passe tellement de temps à s'envoyer des textos qu'on oublie comment ça se passe quand on discute en personne.

Il était difficile de dire le contraire. Elle range son téléphone et s'assit. Lorsque le serveur arriva avec les boissons qu'ils avaient commandées, elle regarda la salle et pensa avoir aperçu Laszlo. Elle fit la moue, se retourna et se demanda s'il la suivait. Elle n'avait pas son numéro de téléphone, ce qui était vraiment dommage parce que, s'il la suivait, elle avait quelque chose à lui dire. Mais elle avait le numéro d'Erick, à qui elle envoya un message.

Est-ce que Laszlo me suit ?

Je ne sais pas. Tu penses ?

Je sais pas mais j'ai cru l'avoir vu.

Peut-être que tu l'as vu pour de bon.

Elle pouffa avant de tourner son attention sur le menu. Il n'y avait pas de raison de se fâcher s'il la suivait et au moins il essayait de la garder en sécurité. Incapable de s'en empêcher, elle regarda plus attentivement le restaurant et elle n'était pas tout à fait sûre de pourquoi elle avait pensé voir Laszlo, qu'à présent elle ne voyait plus. Et si quelqu'un l'avait effectivement suivi, il ferait de son mieux pour ne pas être pris sur le fait. Ne pas avoir revu Laszlo la mit mal à l'aise. Elle envoya un autre message à Erick.

Aucun signe de lui.

Alors n'y pense plus.

Toute la soirée durant, elle continua de regarder les alentours. Il n'y avait aucune raison à cela mais elle sentit ses poils se hérisser d'inquiétude. N'y tenant plus, au bout d'un moment, elle sortit son téléphone et demanda à Erick s'il était en danger.

Non.

D'accord. Mais je m'inquiète.

Où est Laszlo ?

Mais qu'est-ce que j'en sais moi ?

Elle laissa retomber son téléphone sur ses genoux et retourna à la conversation qui avait lieu à table. David la gardait attentivement à l'œil. Elle savait qu'elle n'était pas bien causante mais il lui semblait que tout allait de travers. Elle se demandait aussi pourquoi elle sentait qu'Erick était la personne à qui elle devait en parler. Qu'est-ce que ça voulait dire ? Elle n'avait jamais eu affaire à lui avant la veille. Du moins, en dehors de l'accident de voiture.

— Tout va bien ? On dirait bien que toi et… Erick, c'est ça ? Vous avez un problème ? demanda David, à mi-voix, inquiet, penché dans sa direction.

Il était de Kaboul.

— Pas du tout, comme d'habitude, fit-elle en secouant la tête.

— Les relations amoureuses, ce n'est jamais parfait, répondit-il.

Et le timbre de sa voix avait changé, comme s'il avait accepté qu'elle ait quelqu'un dans sa vie. Même si elle savait que ce n'était pas le cas, si ça pouvait l'aider à avoir une relation plus neutre avec David, ça lui allait bien. Le reste du dîner se passa dans une ambiance plus légère. Elle ne reçut pas d'autres textos de la part d'Erick et ne vit personne d'autre, mais cela ne voulait pas pour autant dire qu'il n'y avait personne. Et pour cette raison, elle ne pouvait pas lâcher prise.

Après le dîner, le groupe se dirigea vers le bar de l'hôtel. Honey voulait rester avec eux plutôt que de risquer de remonter seule dans sa chambre et elle aurait voulu avoir le numéro de Laszlo mais ce n'était pas le cas. C'était une erreur. Elle aurait voulu pouvoir venir aux nouvelles, lui demander si personne ne l'attendait. Elle avait passé une excellente journée et, à présent, toutes ses inquiétudes revenaient. Elle but deux verres avec ses amis, prit congé et se dirigea vers sa chambre.

Lorsqu'elle arriva au lobby, il était désert, l'éclairage était tamisé et une musique douce sortait des haut-parleurs dissimulés. C'était un très bon hôtel et elle avait apprécié l'expérience de bout en bout, à la condition de pouvoir passer outre la visite d'un homme armé dans sa chambre. Et, bien entendu, elle n'avait pas contacté la Police. Ça aussi, c'était un point négatif.

Et s'il s'en était pris à quelqu'un d'autre ? Aurait-elle pu sauver cette personne en contactant les forces de l'ordre ? Mais elle ne savait pas ce qui aurait pu lui arriver si elle en avait parlé.

Honey se dirigea sans un bruit vers les escaliers. Pour une raison inexplicable, elle ne voulut pas prendre l'ascenseur lorsqu'il s'ouvrit à côté d'elle. Il était désert mais presque spectral. Comme si son ouverture, au moment parfait pour elle, était le moment parfait pour qu'une autre personne la kidnappe. Le fil de ses pensées lui faisait horreur mais elle ne pouvait penser à autre chose. Elle commença à monter les marches, prenant conscience qu'évidemment, elle portait des chaussures à talon haut. Ce n'était pas une bonne idée.

Après le premier étage, elle prit un rythme plus naturel et allait monter au deuxième lorsque les lumières s'éteignirent. Se figeant sur place, instinctivement, elle se baissa et se tapit contre le mur. Il était impossible de relever la tête et de voir si quelqu'un arrivait sans rendre visible sa position. Elle ne se sentait plus aussi sereine à l'idée de prendre les escaliers.

Elle parcourut en hâte les derniers pas qui la séparaient de la porte du deuxième étage. Dans le couloir, elle vit plusieurs groupes de personnes qui se dirigeaient vers l'ascenseur ou qui en revenaient, certains allant à leurs chambres, d'autres au lobby. Elle rejoignit le groupe qui descendait et, lorsqu'ils arrivèrent au rez-de-chaussée, changea d'ascenseur et appuya sur le bouton du quatrième étage. Elle s'assura que les portes étaient bien fermées, la laissant seule dans la cabine, ce qu'elle aurait pu faire dès le départ. Déglutissant péniblement, elle croisa les bras sur sa poitrine tandis qu'elle se rapprochait de son étage.

Lorsque les portes s'ouvrirent, le couloir était plongé dans une obscurité inquiétante. Elle s'en étonna. Il était encore tôt et la moquette sombre était prise dans une étrange pénombre, les lumières éteintes. Il y avait bien des fenêtres au bout du couloir mais elles semblaient masquées par des rideaux. Pourquoi ça ?

— Merde, non, chuchota-t-elle.

À l'instant même où les portes allaient se refermer, un homme entra dans la cabine. Elle se figea sur place. Mais il se contenta de sourire et d'appuyer sur le bouton du lobby.

— Qu'est-ce qui est arrivé à l'éclairage ? couina-t-elle presque.

— Je me suis dit que ça devait seulement être l'éclairage de nuit du couloir, fit l'homme en haussant les épaules.

— J'étais au deuxième étage et c'était beaucoup plus lumineux, répondit Honey en faisant la moue.

— Si ça vous inquiète, parlez-en au réceptionniste.

Une fois arrivé au rez-de-chaussée, il descendit et elle le suivit par automatisme. Mais elle s'arrêta et se demanda ce qu'elle était supposée faire à présent. Un portier poussait un porte-bagages et elle l'interpella.

— Est-ce que la lumière est censée être éteinte au quatrième ?

Il eut l'air perplexe.

— J'y monte, allons voir ça ensemble.

Soulagée de ne pas être seule, elle monta dans le même ascenseur que lui et ils montèrent au quatrième.

— Non, ce n'est pas normal, s'exclama avec surprise le portier lorsque les portes s'ouvrirent.

Elle sourit mais remarqua que l'éclairage ne lui semblait plus aussi menaçant à présent. À dire vrai, ce n'était même plus aussi sombre. Elle avait laissé son imagination s'emballer.

— Oh, eh bien, je me demandais ce qui se passait puis je me suis demandé si c'était même normal, expliqua-t-elle.

Il hocha la tête et remonta les bagages dans le même couloir que le sien. Elle s'arrêta devant sa porte et le remercia.

— Je vais remédier à ça dès que j'ai installé les bagages dans cette chambre, acquiesça-t-il.

Elle ouvrit la porte et profita du fait que le portier soit toujours dans le couloir pour pousser la porte et elle attendit. Elle entendit une petite voix à l'intérieur de la pièce et se figea, puis la reconnut. C'était Laszlo. Elle referma la porte, alluma la lumière et se précipita dans sa chambre.

Laszlo gisait sur le lit d'Honey, la chemise ensanglantée, le visage tuméfié.

— Oh, mon Dieu, qu'est-ce qui s'est passé ? s'exclama-t-elle après l'avoir rejoint en hâte.

— J'ai rencontré la mauvaise personne dans une petite rue, fit-il en ouvrant ses yeux gonflés et essaya de sourire.

— Juste une ?

Une espèce de gargouillis lui échappa et il s'assit péniblement.

— Non, trois…

Elle hocha la tête, sortit son téléphone, prit une photo de

son visage et l'envoya à Erick.

— Qu'est-ce que tu viens de faire ? demanda Laszlo en grimaçant.

— J'ai envoyé une photo à tes amis et, maintenant, nous allons te soigner, dit-elle en se dirigeant vers la salle de bain. Elle passa sous l'eau tiède un gant de toilette et tamponna délicatement le visage de Laszlo de façon à essuyer les taches de sang et juger de la gravité des coupures.

— On dirait que tu t'es pris un sacré crochet du droit dans le visage, ton œil risque d'être sacrément noir d'ici quelques jours…

— Crochet du gauche pour l'œil, le droit c'était dans la mâchoire, fit-il remarquer.

Une fois qu'Honey eut fini de lui nettoyer le visage et qu'elle eut enlevé le gros du sang dans ses cheveux, elle ne vit aucune blessure à la tête mais remarqua sa chemise ensanglantée.

— Tu as du sang sur la poitrine. Est-ce que tu as mal à un autre endroit qu'au visage ?

Il se redressa, ouvrit sa chemise et Honey se rendit compte que ses côtes avaient pris un sacré coup, tout comme son ventre. Mais il n'y avait aucune coupure.

— Alors ce n'est pas ton sang ?

— Non, c'est eux, répondit-il sur un ton sombrement satisfait.

Elle acquiesça et, au même moment, son téléphone sonna. Elle décrocha, coinçant l'appareil entre son oreille et son épaule. C'était Erick.

— Mais bordel, qu'est-ce qui est arrivé à Laszlo ?

— Trois hommes dans une ruelle. J'en sais pas plus, c'est toi qui lui parles, fit-elle abruptement en tendant son téléphone à Laszlo.

Comme il avait enlevé sa chemise, elle inspecta rapidement son dos, observa ses côtes. Certes, elle était dentiste et non pas médecin généraliste mais elle savait reconnaître des blessures. Il avait l'air d'avoir une côte fêlée et après avoir vérifié le reste, il apparut qu'il y avait très peu de sang sur ses jambes ou ses pieds et il semblait pouvoir se mouvoir facilement. Alors c'était surtout son visage qui avait pris un coup.

Tandis que Laszlo parlait avec Erick, elle alla rincer le gant de toilette puis, à son retour, elle continua de lui nettoyer les cheveux.

— Ça ne te ferait pas de mal de suturer cette coupure sur ton cuir chevelu, dit Honey et il la regarda, impassible.

— J'imagine que ça veut dire que tu n'iras pas voir un médecin, commenta-t-elle en levant les yeux au ciel.

Il confirma d'un hochement de tête. Honey se dirigea vers son sac à main parce que, son métier aidant, elle ne partait jamais sans une petite trousse de secours et cela incluait du fil dentaire extra-fin. Ça ferait l'affaire pour suturer les plaies. Elle pourrait toujours faire quelques points qui maintiendraient la peau en place le temps qu'elle guérisse et la cicatrice serait moins laide. Ouvrant le minibar, elle récupéra une bouteille de vodka et en mit sur le gant de toilette, entreprenant ensuite de nettoyer la plaie.

Il rugit de douleur et tenta de s'éloigner en pivotant. Elle haussa les épaules.

— C'est un peu tard, j'ai fini.

Il la fusilla du regard et retourna à son coup de fil et, tandis qu'il parlait à Erick, elle écoutait à moitié la conversation, passant le fil dentaire dans le chas de l'aiguille et, encore une fois sans prévenir, pinça la peau de Laszlo. Lorsqu'il glapit de douleur, elle se contenta de le regarder et lui rappela que c'était lui qui ne voulait pas aller voir un médecin.

— Mais qu'est-ce que tu fous ?

— Je te fais trois points de suture…

— Oh ? Tu me permets de prendre un verre avant que tu continues ? demanda-t-il en lorgnant le minibar ouvert à côté du bureau.

— Non, mais tu pourras quand j'ai fini, répliqua Honey.

Laszlo jura dans sa barbe et Honey entendit Erick ricaner.

— Ça me fait plaisir de voir qu'elle prend soin de toi, Laszlo !

— Ta copine est cruelle, c'est toi qui devrais prendre soin d'elle, pas moi, fit Laszlo sur un ton cassant.

— Je ne suis pas sa copine, corrigea Honey.

— À d'autres, pouffa Laszlo.

Elle fit un second point et il se contenta de la fusiller du regard, il refusait de glapir davantage et attendrait dans un silence de plomb qu'elle ait fini. Lorsqu'elle eut fini le troisième qui arrivait presque à ses cheveux, elle jaugea son travail.

— Ça guérira plus vite mais il faudra que tu fasses retirer les points.

— Alors à quoi serviront-ils à part déchirer la peau et laisser une plaie ouverte ? demanda-t-il avec exaspération.

— Pas si tu laisses d'abord la coupure guérir, fit-elle sur un ton cassant et elle rangea ses affaires avant de se diriger vers le mini bar et elle lui demanda ce qu'il voulait.

— Du whisky, répondit-il.

Elle n'était pas particulièrement amatrice d'alcool fort et il lui fallut regarder quelques bouteilles avant de trouver la bonne, une fois que ce fut fait, elle l'extirpa du mini bar, l'ouvrit et la lui tendit. Il la regarda durement et avala cul sec la minuscule bouteille.

— S'il t'en faut plus, on devra se servir dans ton mini bar, sourit-elle.

— Ça devrait aller pour moi, mais si tu en veux une autre bouteille, n'hésite pas à te servir mais hors de question que ce soit sur ma blessure, fit-il avec un large sourire et il lui rendit son téléphone, lui disant qu'Erick voulait lui parler.

Honey grogna.

— Quoi de neuf, Erick ?

— Alors ton instinct était le bon…

Elle se figea, prit le temps de réfléchir avant de lentement acquiescer.

— C'est possible, tout l'après-midi, j'ai eu l'impression que quelque chose n'allait pas.

— Tu avais raison ! Jusqu'à nouvel ordre, je veux que tu restes avec Laszlo.

— C'est toi le chef maintenant ? fit-elle sur un ton cassant et à côté d'elle Laszlo rit, ce qui la fit le fusiller du regard.

— Comme je l'ai dit, vous êtes faits pour être ensemble, haussa-t-il les épaules.

— Tu n'as pas du tout dit ça, tu as dit que j'étais sa copine, ce qui n'est pas du tout le cas.

— Est-ce que tu viens de dire que tu voulais être ma copine ? demanda Erick, perplexe.

— Ah, ça, non… vous êtes tous cinglés…

— Hey, c'est pas sympa ça ! cria une voix dans le lointain.

— Vous êtes quatre et vous êtes vraiment dingues… fit-elle en levant les yeux au ciel.

— On pourra voir ce qu'il en est de ta place dans ma vie à ton retour, rit Erick.

— Et ce serait quand ? demanda Honey.

— Bientôt, je l'espère. On finit de poser nos questions et on rentre. Avec un peu de chance, on devrait être de retour demain en fin de matinée.

— Ne revenez pas pour moi, hein, fit-elle en levant une nouvelle fois les yeux au ciel.

— Oh, si. Mais ne t'inquiète pas. Tu me verras beaucoup plus souvent maintenant, alors souris et fais semblant d'être contente, rit Erick.

— Que tu crois…

— Je crois que tu te plains trop, jubila-t-il presque.

— C'est bon, tu as fini ? grogna-t-elle.

— Oui, pour le moment. Je te rappellerai peut-être plus tard…

— Pourquoi donc ?

— Pour te dire bonne nuit… fit-il avant de raccrocher.

— Mais qu'est-ce que tu fiches dans mon existence ? protesta Honey en regardant son téléphone de travers, ce qui fit rire Laszlo de bon cœur.

Elle se redressa, mains sur les hanches, et le fusilla du regard.

— Qu'est-ce qu'il y a de drôle ?

— Rien. Erick fait souvent cet effet aux gens, autant que tu t'y fasses…

ERICK SE RETOURNA vers Cade et Talon.

— Laszlo a été agressé.

Les deux hommes le dévisagèrent, choqués.

— Est-ce que l'on sait avec certitude que c'est lié à nous ? demanda Cade.

— Impossible de le savoir si tôt, il n'a pas reconnu ses agresseurs. Honey lui a fait des points et ils resteront ensemble jusqu'à notre retour. Il ne veut pas la laisser seule si jamais les agresseurs arrivaient à remonter jusqu'à l'hôtel et la trouvait elle, expliqua Erick en haussant les épaules.

— On est presque arrivés au village, je propose qu'on pose nos questions et on rentre de suite à l'hôtel, fit Cade en hochant la tête.

Erick rangea son téléphone dans sa poche, grimpa à l'avant de la Jeep. Ils s'étaient arrêtés sur la colline qui surplombait le village de façon à pouvoir observer les allées et venues des gens. C'était la deuxième fois qu'ils venaient. La première fois, le matin même, il avait été trop tôt pour pouvoir interroger les habitants et Erick avait besoin qu'ils soient coopératifs et ne voulait pas les effrayer.

Ils se dirigèrent vers le village, regardant les maisons de part et d'autre de la route en virages qui passait plus ou moins au milieu du bourg. Plusieurs hommes âgés étaient assis à une table installée au bord de la route et semblaient jouer à une sorte de jeu. Talon se gara à côté d'eux. Ils se levèrent mais aucun d'eux ne parlait anglais. Ne les croyant pas, Erick s'aventura dans le village, essayant de trouver quelqu'un avec qui il pourrait parler.

Un jeune garçon était assis sur un rocher. Erick lui demanda s'il parlait anglais. Le petit garçon fit signe que non mais il pointa du doigt une maison à côté de lui. Erick s'y rendit et frappa à la porte. Un homme qui devait avoir environ son âge ouvrit en faisant la grimace. Erick lui demanda s'il parlait anglais.

— Oui, j'ai passé plusieurs années en Angleterre et en Europe. Qu'est-ce que je peux faire pour vous ? s'enquit-il en fourrant ses mains dans ses poches et s'adossant au cadre de la porte.

Erick lui expliqua à mi-voix qu'il avait fait partie de l'équipage du véhicule militaire qui avait sauté quelques années auparavant. L'homme hocha la tête.

— Je me rappelle en avoir entendu parler, ça a fait jaser au village pendant au moins toute une journée…

Erick ne comprenait pas tout à fait ça. Il y avait partout des rumeurs et des ragots et ils retombaient toujours au bout de quelque temps mais il doutait que l'on ait si rapidement cessé d'en parler à moins que les accidents comme le leur soient particulièrement fréquents. Mais parce qu'il s'agissait d'un véhicule de l'armée, il se dit que ce qui devait s'être dit à l'époque n'était pas particulièrement sympathique.

— Nous cherchions à savoir si quelqu'un qui était là à l'époque pourrait nous en parler.

— Pourquoi ?

Erick essaya d'avoir l'air innocent.

— Il semblerait que l'attaque était délibérée et que, si c'était le cas, j'aimerais en savoir plus venant de quelqu'un qui pourrait me dire qui est derrière ça ou pourquoi on nous a fait ça.

L'homme croisa les bras et il observa attentivement le visage d'Erick.

— Et ça changerait quoi à présent ?

— Pas grand-chose, mais il est difficile de continuer à vivre quand on est toujours coincé à un moment où l'on a pu vous trahir.

— Personne ici ne vous a trahi, fit l'homme durement.

Erick leva la main.

— Je ne dis pas que vous nous avez trahis. Mais je crois que c'est l'un de nos hommes.

Le jeune homme haussa les sourcils, surpris.

— Oh bien ça, ce n'est pas bon du tout. Est-ce que vous êtes certain de vouloir connaître la vérité ?

— J'en suis certain, et que les réponses me plaisent ou non. Je trouve qu'il est plus simple de les affronter quand on sait qu'il s'agit de la vérité, dit Erick.

Les deux hommes se jaugèrent un moment, puis le jeune homme détourna le regard et commença à réfléchir à qui devait être là au moment des faits.

— Tout le monde ne voudra pas vous parler.

— Je suis au courant. Est-ce qu'il y a quelqu'un ici qui soit hostile à l'armée ?

— Tout le monde est assez partagé sur la question. Il y a du bon et du moins bon…

— C'est vrai, acquiesça Erick.

L'homme se redressa et prit la route qu'ils avaient empruntée pour arriver sur place.

— Ahmed acceptera peut-être de parler avec vous.

— Il était là à l'époque ?

— Mieux encore, il était sur la colline. Il va souvent s'y asseoir le matin et c'est lui qui nous a dit ce qui s'était passé.

Erick sentit son cœur se gonfler d'espoir.

— J'aimerais vraiment entendre ce qu'il a à nous dire, ce qu'il a vu à l'époque…

— Je m'appelle Peter, du moins c'est la forme la plus simple de mon nom que vous puissiez utiliser, dit l'homme en tendant la main.

— Et moi, c'est Erick, fit-il en se saisissant de sa main pour la serrer.

Ils se dirigèrent vers la dernière maison du village, Erick se retournant pour appeler Talon et Cade. Peter le regarda et lui demanda de qui il s'agissait.

— Ils étaient avec moi dans le véhicule.

Peter siffla.

— Vous avez eu de la chance de vous en tirer vivant, vu ce que j'ai entendu dire.

— Nous sommes en vie, mais nous sommes tous amputés à des degrés divers. Il nous a fallu presque deux ans pour nous remettre des blessures et des opérations.

— C'était pas une petite mine, acquiesça Peter.

— De ce que l'on nous a dit, c'était une mine antichar, très spécifique.

— Mais qui pourrait avoir accès à ce genre de chose ? demanda Peter, perplexe. Erick le regarda et le vit grimacer.

— Alors vous avez peur que ça soit l'un des vôtres… ce serait vraiment moche, fit Peter après qu'Erick a hoché la tête pour confirmer.

Une fois arrivés à la dernière maison, Peter frappa à la porte et il s'adressa à une personne à l'intérieur en parlant rapidement dans une langue qu'Erick ne comprenait pas. Un vieil homme ouvrit la porte et sortit. Peter continua de lui parler et lui pointa du doigt à tour de rôle Erick, Cade et Talon.

Le vieil homme hocha lentement la tête. Il parlait doucement, montrant l'endroit où il était au moment des faits tandis que Peter traduisait.

— Il a dit qu'il était sur la colline où il aime s'asseoir pour attendre la fin de ses jours. Il a vu le camion arriver.

Erick l'écouta raconter l'arrivée du camion, camion qui explosa ensuite sous ses yeux.

— C'est à ce moment-là qu'il a essayé de descendre de la colline mais un autre camion est arrivé par l'autre côté du village et, au moment de l'explosion, s'est précipité là où ils étaient, comme s'il avait vu ce qui venait de se passer.

Erick savait que ça aussi, c'était vrai.

— Il devait y en avoir un troisième…

— Il a dit qu'il en a vu arriver plusieurs autres dans les trente minutes qui ont suivi. Pour venir vous secourir. Il savait qu'il ne pouvait rien faire, que c'était grave, qu'il avait vu des corps et du métal être éjectés du véhicule un peu partout, et, qu'encore maintenant, l'ossature de l'engin est sur place, abandonnée.

Erick savait qu'il disait vrai, il en revenait.

— Est-ce qu'il a vu quelqu'un d'autre sur place avant nous ? Est-ce qu'il a vu quelqu'un déposer la mine ?

Peter posa ses questions et l'homme répondit en faisant signe que non avant de continuer ses explications. Peter l'écouta silencieusement puis se retourna vers Erick.

— Il va là-bas tous les jours, là-bas, ce n'est pas un itinéraire habituel. Personne ne passe par là ou n'a de raison de passer par là.

— Alors il n'a pas vu la personne qui a enterré la mine ?

Peter fit signe que non.

— Il ne sait pas qui c'est et il n'a vu personne faire une chose pareille.

— Y avait-il des inconnus au village à l'époque ? Est-ce que vous avez vu quelqu'un passer en voiture dans le coin avant que le camion ne saute ?

Ils attendirent patiemment alors que, une fois de plus, Peter traduisait les questions pour le vieil homme, qui hocha la tête. Erick se pencha légèrement en avant. Peter se tourna vers lui.

— Il y avait d'autres groupes militaires à ce moment-là et des gens qui avaient l'air d'être dans l'armée, mais il ne les a pas crus.

Erick se redressa. On trouvait des soldats à louer partout. Ils faisaient bonne impression pour les personnes nonhabituées mais, la plupart du temps, ils n'étaient pas à la hauteur des soldats de métier.

— J'imagine qu'il ne se souvient de rien de particulier les concernant, pas vrai ?

Encore une fois, il y eut un échange et Erick attendit, souhaitant désespérément parler la langue dans laquelle se tenaient les échanges. Parce que ce n'était pas le moment qu'une information soit mal-traduite ou qu'elle leur échappe complètement. Erick vit Talon tourner presque imperceptiblement la tête. Il avait sorti son téléphone et enregistrait la conversation. Intérieurement, Erick sourit. C'était malin. Au moins, ils pourraient vérifier avec quelqu'un d'autre la qualité de la traduction. Tesla aurait pu faire ça en quelques secondes. Elle était un génie de l'électronique.

Finalement, Peter se tourna vers Erick.

— Un des hommes était vraiment très grand et maigre, avec de très grandes oreilles. Ahmed se souvient avoir pensé qu'il ressemblait à ce dessin animé américain qu'il avait regardé étant enfant. Quelque chose avec un éléphant, fit Peter en riant, je crois qu'il veut parler de Dumbo. Mais, en plus, il y avait un autre homme dont le nez était visiblement cassé, chauve et qui avait l'air d'avoir fait de la boxe un jour… Il était vraiment costaud !

Après avoir écouté la description, Erick sortit un petit calepin et prit quelques notes sur les caractéristiques principales des deux hommes. Heureusement qu'ils allaient avoir un enregistrement. Ils pourraient de nouveau écouter. Il posa encore quelques questions avant de demander si Ahmed avait encore quelque chose à ajouter ou s'il y avait eu quelque chose d'inhabituel ce jour-là, même après l'explosion, si quelqu'un était revenu pour jeter un œil.

Les Afghans parlèrent entre eux quelques minutes puis

Peter s'adressa de nouveau à Erick.

— Il dit que des véhicules sont venus dans l'après-midi, qu'ils ont pris des photos et que certains des morceaux de l'épave ont été emportés. Mais que c'était assez sordide et que déjà à ce moment-là, le vent et le sable avaient commencé à tout recouvrir.

Erick essaya de formuler la question différemment en espérant que cela amènerait d'autres réponses mais il reçut la même réponse, la traduction était identique. Il savait que Talon enregistrait toujours, ce qui était une bonne chose parce qu'ils pourraient vérifier la traduction après coup. Au même moment, le vieil homme agrippa le bras de Peter qui se pencha en avant après ce qu'il avait dit et lui posa une nouvelle fois la même question et le vieillard répéta ce qu'il venait de dire.

— Un autre véhicule est venu plus tard ce jour-là. Deux hommes. Il était déjà rentré chez lui à ce moment-là. Et puis il est ressorti le soir, parce que les événements de la journée l'avaient perturbé et qu'il voulait retrouver sa quiétude. Lorsqu'il était sur la colline il a vu un autre véhicule et deux hommes en sont sortis, ils ont exploré la zone, ont pris quelques photos, sont remontés dans le véhicule, ont fait demi-tour et sont repartis vers là où ils sont arrivés. Et depuis ce moment-là, il n'a vu personne d'autre prendre cette route. Il n'a pas reconnu les hommes, expliqua Peter en haussant les épaules.

— Et les gens étrangers au village avant l'accident ? Est-ce qu'il a quelque chose d'autre à dire sur eux ? s'enquit Erick.

Peter se tourna vers le vieil homme et la discussion reprit mais, lorsque ce dernier hocha la tête en guise de conclusion, Erick nota quelques-uns de ses propos. Ahmed n'avait pas ajouté grand-chose mais toute information était bonne à prendre. Il essaya de lui faire dire les dates, le moment de la journée, combien d'hommes et le type de véhicule. Mais il s'agissait d'une vieille Jeep, probablement un vieux stock de l'armée, mais elles étaient répandues dans le coin.

— Deux hommes. En uniforme, mais il dit que leur attitude les faisait sortir du lot, aussi à cause de leurs vêtements. Tenue négligée, dépareillée. Des vêtements militaires mais pas à la hauteur d'une inspection quotidienne de l'armée actuelle. Ils avaient aussi plusieurs mitrailleuses.

Erick comprit très bien ce qu'il entendait par « pas à la hauteur d'une inspection quotidienne » mais les mitrailleuses voulaient aussi dire qu'ils ne faisaient pas partie de l'armée régulière. Quand l'homme continua d'expliquer l'attitude, l'impertinence et l'arrogance des deux hommes, Erick sentait qu'il en disait encore davantage. Ils étaient des rebelles ou des mercenaires. Finalement, comme il n'avait plus d'autres questions, il se tourna vers Cade et Talon et leur demanda tacitement s'ils en avaient, eux.

— Ce que je veux vraiment savoir, c'est qui a posé cette mine, dit Talon en haussant les épaules.

Peter reprit la parole et le vieillard haussa les épaules lui aussi. Il n'avait clairement plus rien à dire.

— Merci pour votre coopération, Peter, et remerciez-le pour son assistance, fit Cade à ce moment-là.

Les trois hommes retournèrent à leur Jeep puis, lorsqu'il entendit des éclats de voix, Erick se retourna : le vieil homme et Peter se disputaient vertement. Il donna un coup de coude à ses associés et leur demanda ce qu'ils en pensaient. Ils étaient presque arrivés à leur véhicule.

— Soit il est furax que Peter nous ait conduits jusqu'à lui ou alors la traduction ne lui a vraiment pas plu, suggéra

Cade.

— Il n'a pas aimé la traduction, ricana l'un des quatre hommes assis à la petite table de jeu devant eux.

— Ahmed parle anglais ? demanda Erick en plissant les yeux pour étudier les traits du visage de son interlocuteur qui hocha la tête.

— Oui, mais pas très bien. Comme nous, on parle un petit peu, mais on comprend plus.

Intéressant. Erick comprit et enregistra l'information pour plus tard. Il interrogea l'homme qui avait ri.

— Est-ce que vous savez quelque chose sur l'accident qui s'est produit ici il y a deux ans de ça ? Où le camion militaire a-t-il explosé ?

— Un jour sombre, un jour sombre pour tout le monde, ce jour-là, fit-il en haussant les épaules.

— Pourquoi ça ?

Un flot de mots dans la même langue que celle que parlait Ahmed se déversa de sa bouche. Erick s'assura que Talon enregistrait toujours. Il n'y avait qu'à espérer que s'ils parlaient leur propre langue, ils diraient plus volontiers la vérité que dans la traduction approximative qui serait accessible à Erick et ses amis. Lorsqu'il eut fini, Erick hocha la tête, sourit et le remercia.

Les trois hommes remontèrent dans leur Jeep, firent demi-tour et sortirent du village de la même façon qu'ils étaient arrivés et, lorsqu'ils passèrent devant la maison d'Ahmed, il n'y avait aucun signe de Peter, mais Ahmed se tenait dans l'encadrement de la porte. Lorsqu'il les vit, il abattit sa main sur sa bouche et rentra. Le silence s'installa dans la Jeep.

— Une idée de ce qu'il entendait par là ? demanda Talon.

— Quelque chose du genre de « Ne me posez pas

d'autres questions ! », s'aventura à deviner Cade.

— J'en doute, plutôt du « N'en dites rien à personne », fit Erick sur un ton dur.

— Alors on ne dira pas d'où viennent nos infos ? Ou on arrête de poser des questions ?

Le regard dur d'Erick se posa sur l'un et sur l'autre.

— Les deux !

CHAPITRE 7

HONEY ENTASSA LE reste des assiettes sur la desserte qu'elle sortit dans le couloir. Elle rejoignit ensuite Laszlo et s'assit sur le bord du lit.

— Comment tu te sens ?

— Ça va.

Depuis qu'elle avait fait monter un repas pour lui la veille au soir puis qu'elle l'avait laissé dormir en venant aux nouvelles le lendemain matin, il était devenu encore plus morose et plus brusque que jamais. Elle comprit qu'il n'aimait pas apparaître vulnérable ou avoir besoin de quelques soins attentionnés mais il était difficile pour quelqu'un comme elle de ne pas tendre la main à quelqu'un qui en avait besoin. Il était évidemment blessé et il avait passé son temps à envoyer furieusement des textos mais ne lui avait donné aucune information. Il semblait être un type sympa mais il était sérieux quand Erick s'était comporté d'une tout autre façon avec elle, dans un mélange de plaisanterie et de flirt tout en étant toujours très sérieux aussi. La différence résidait dans la façon de le dire, finit-elle par prendre conscience.

— Tu restes ici ce matin ? demanda-t-elle.

— Je resterai couché un petit moment mais je veux que tu répondes à tous mes messages. À quelle heure tu finis aujourd'hui ? s'enquit-il en regardant la pièce.

— Vers seize heures, je pense. On organisera peut-être une sortie au restaurant pour le dîner, je ne suis sûre de rien et je ne sais pas combien de gens partiront aujourd'hui ou encore demain matin.

Il acquiesça.

— Tu remonteras pour me mettre au courant avant de sortir dîner, commença-t-il, puis il grimaça et se reprit, disant qu'il descendrait plutôt.

— Est-ce que tu es sûr d'en avoir envie avec une tête pareille ? plaisanta-t-elle.

Laszlo reporta son regard sur elle.

— Tu crois que je vais faire peur aux femmes ?

— Tu es toujours bien trop beau pour ça même avec le visage tuméfié, rit-elle, je pensais plutôt aux trois hommes qui t'ont attaqué. Pour autant que tu saches, ils peuvent t'attendre dans le lobby…

— Je sais qu'ils ne m'attendent pas dans le lobby, affirma Laszlo sur un ton glacial qui la fit se figer.

Elle se retourna lentement.

— Est-ce que tu les as tués ?

— Tu te sens concernée ? demanda-t-il en haussant les sourcils.

Elle croisa les bras et hocha la tête.

— Bien sûr que je me sens concernée. Je n'ai pas appelé la Police parce que je n'étais pas certaine qu'une femme aurait bon accueil ici.

— Bien vu. Parce que moi aussi, je ne sais pas bien comment ils réagiraient.

— Donc, je ne veux pas non plus qu'on me rattache à ces meurtres, et oui, je m'inquiète pour eux, personne dans ce monde ne mérite de mourir violemment, s'exaspéra Honey.

— On va tous mourir et il n'appartient qu'à nous de savoir comment on pointe à la sortie. Ils s'en sont pris à moi, pas moi à eux…

Elle marqua un temps d'arrêt et prit un long moment pour y réfléchir.

— Ça ira, mais ça ne veut pas dire qu'ils ne viendront pas te chercher encore une fois.

— Si ça peut te tranquilliser, je ne crois pas les avoir tués, fit Laszlo en se redressant d'un coup.

— Et s'ils ne sont pas morts, il y a de grandes chances qu'ils t'attendent au rez-de-chaussée. Tu as reconnu quelqu'un ? demanda-t-elle en grimaçant.

Il la regarda, impassible. Elle se dit qu'elle aurait dû lui poser la question au moment où elle l'avait vu la veille, mais, à ce moment-là, elle s'était dit qu'il ne lui aurait pas répondu si elle s'en était inquiétée. Mais, cette fois-ci, il hocha la tête de gauche à droite.

— Non, j'ai pris des photos et je les ai envoyées pour voir si quelqu'un peut les identifier mais sinon, non.

— Ok, bon, sortons de ma chambre, tu peux aller dans la tienne, j'irai au rez-de-chaussée pour assister à mon séminaire et, qui sait, d'ici à ce que j'en sorte, Erick sera peut-être rentré, conclut-elle sans réfléchir.

— Il te manque déjà ? ricana Laszlo.

— Je le connais à peine, rétorqua Honey en le fusillant du regard.

— Oh, ça, non. Tu le connais intimement, c'est ce qui compte. Que vous parliez constamment de l'autre, c'est une bonne chose aussi. Vous faites des étincelles, dit-il calmement.

— *Des étincelles*, tu es certain ? Parce que j'ai cru qu'il allait me tuer la première fois qu'il m'a vue. Je ne suis pas certaine qu'il n'ait pas pensé la même chose quand on s'est revus ici, pouffa-t-elle.

— Oui… mais c'est bon signe. De la colère à la passion, il n'y a qu'un pas…

Elle s'était dit quelque chose de similaire un peu plus tôt mais elle n'en toucha pas un mot.

Elle ouvrit la porte de sa chambre, observa attentivement le couloir et en franchit le seuil avant de faire signe à Laszlo de la suivre.

— Allez, on te ramène à ta chambre, tu pourras te reposer une heure ou deux, tu dois être épuisé après avoir passé la moitié de la nuit à me veiller.

— J'ai l'habitude, fit-il en haussant les épaules mais il sortit tout de même de la pièce, se dirigea vers la porte de sa chambre qu'il ouvrit et resta dans le couloir le temps qu'elle referme la porte de sa chambre à elle.

— Tu veux que j'aille vérifier si le champ est libre ? plaisanta Honey en faisant mine d'y aller.

— Descends ! dit-il, exaspéré.

Il avait dit ça sur un ton faussement menaçant qui la fit rire. Elle le salua de la main, se dirigea vers l'ascenseur et appuya sur le bouton d'appel. Lorsqu'il arriva à son étage, elle entra et jeta un coup d'œil rapide dans la direction de Laszlo avant d'entrer mais il n'y avait aucun signe de lui. Évidemment, il était rentré et avait fermé la porte.

Arrivé au lobby, l'ascenseur s'ouvrit sur un grand groupe qui attendait d'entrer. Elle sourit, se glissa hors de la cabine et se dirigea vers le séminaire. Honey était presque navrée d'avoir réservé une nuit supplémentaire sur place car elle aurait été plus qu'heureuse de partir plus tôt. L'état dans lequel s'était retrouvé Laszlo confirmait les inquiétudes d'Erick. Et les siennes.

Maintenant qu'elle y pensait, l'autre problème était qu'elle n'avait pas demandé à voir les photos des agresseurs de Laszlo, elle aurait voulu lui demander plus tôt mais elle n'y avait pas songé sur le moment. Alors, comment pourrait-elle les identifier si jamais elle les voyait ? Laszlo avait dit qu'ils ne seraient pas dans le lobby, mais comment en être certaine ? Avec cette inquiétude supplémentaire, elle se rappela qu'encore une fois, elle ne lui avait pas demandé son numéro alors elle ne pouvait même pas lui envoyer un texto.

Les portes de la salle où se déroulait le séminaire étaient ouvertes et les gens commençaient déjà à entrer. Elle fit de même et vit David avec une chaise libre à côté de lui. Elle se pencha vers lui.

— Est-ce que tu peux me garder la place le temps que j'aille me chercher un café ?

Il sourit, acquiesça et tapota la chaise à côté de lui. Honey se rendit au petit coffee shop qui se trouvait dans le lobby, se servit une tasse de café où elle ajouta de la crème et paya. Lorsqu'elle eut fini, elle prit la direction du séminaire.

Mais deux hommes lui bloquaient le passage.

— Excusez-moi, je dois passer, fit-elle.

Les deux hommes ne bougèrent pas d'un pouce et la dévisagèrent. Elle déglutit péniblement. Le visage de l'un comme de l'autre portait les marques d'une bagarre récente et ils n'avaient rien de beau, mais leurs traits étaient particulièrement distincts. L'un avait de grandes oreilles et l'autre était, sans autre façon de le dire, énorme. Elle pouvait deviner à la taille de leurs contusions qu'ils devaient être deux des trois agresseurs de Laszlo.

— Excusez-moi, fit-elle en élevant la voix.

Ni l'un ni l'autre ne bougea et, au lieu de ça, ils croisèrent les bras.

— Peut-être qu'ils ne parlent pas anglais ? demanda Honey au caissier.

Ce dernier regarda les deux hommes et fronça les sourcils. Il s'exprima dans une autre langue et les deux hommes hochèrent la tête de gauche à droite en guise de réponse. Honey s'adressa de nouveau au caissier.

— Mais quel est le problème ? J'ai payé mon café…

— Ils ne disent rien, je ne sais pas quel est le problème non plus, fit le caissier qui avait l'air mal à l'aise.

— J'imagine qu'il n'y a pas d'autre façon de sortir d'ici, fit Honey en montrant du doigt l'arrière-boutique.

Les deux hommes entrèrent et, alors que le caissier tentait d'argumenter avec eux, elle se baissa et se faufila entre eux, presque à hauteur de leurs genoux. Rapidement, elle fut dans le lobby. L'un des deux hommes se retourna et fit mine de saisir son bras mais elle réussit à y échapper.

— Sécurité ! fit-elle.

Un homme en uniforme d'agent de sécurité qui se tenait contre un pilier dans l'entrée se retourna. Elle pointa du doigt les deux hommes et expliqua qu'ils n'avaient pas voulu la laisser sortir du coffee shop. À présent, elle se sentait un peu plus inquiète et elle aurait voulu savoir ce qui se passait. Les deux poids lourds ne portaient aucun uniforme et elle ne voulait pas faire de remous mais quelque chose n'allait pas. Pourquoi la cherchait-elle ? Au fond d'elle, la réponse était évidente mais elle n'osait pas le dire à quiconque. Elle sortit son téléphone et prit plusieurs photos des deux hommes.

— Quel est le problème ? demanda l'agent de sécurité qui les accosta.

— Nous lui parlerons plus tard, ne vous inquiétez pas, répondit l'un d'eux.

Ils toisèrent avec insolence l'agent puis la regardèrent,

elle, l'air de la mettre en garde puis, lui tournant le dos, ils sortirent de l'hôtel. L'agent de sécurité la dévisagea, attendant une explication.

— Je ne sais pas du tout ce qui s'est passé, mais le caissier a tout vu, fit-elle, perplexe, en le pointant du doigt.

Alors le caissier, l'agent et Honey discutèrent rapidement et, peu de temps après, l'agent de sécurité la raccompagna au séminaire qui avait déjà commencé. Elle s'installa à sa place mais il lui fut difficile d'être attentive. L'incident l'avait complètement troublée.

Ne pouvant pas contacter Laszlo, elle envoya un texto à Erick. Son téléphone sur vibreur, elle risquait de manquer sa réponse mais, alors qu'elle avait toujours son téléphone en main, il s'illuminait lorsqu'elle reçut sa réponse qu'elle vit aussitôt. Il voulait plus de détails. Elle lui dit tout ce qu'elle savait.

Je n'ai aucun moyen de contacter Laszlo. J'ai l'impression que les deux hommes le cherchent.

On est sur le chemin du retour, reste à ton séminaire et ne va pas reprendre du café !

Moi aussi je t'aime.

Elle ajouta précipitamment au cas où il aurait mal compris et tout en majuscules :

PAS DU TOUT.

La réponse d'Erick fut immédiate.

Tout pareil.

Elle secoua la tête, rangea son téléphone et serra son café à deux mains. David se pencha et lui demanda si elle allait bien, parce que ses mains tremblaient. Honey sourit, essayant de ne plus trembler. Au moins, David avait arrêté de lui faire des avances, s'il lui en avait fait. Le voir amical sans pour autant être en train d'essayer de flirter lui fit se demander si elle ne s'était pas trompée sur son compte depuis le début.

— J'ai juste l'impression d'avoir pris froid, expliqua-t-elle.

— Tu es malade ? demanda-t-il en la jaugeant.

— Je ne pense pas, ça serait pas chouette, grimaça Honey.

— Non mais je sais que la femme de mon frère est malade chaque fois qu'ils voyagent alors je comprendrais bien si c'était ton cas, rit David.

Son excuse trouvée, elle resserra plus fort sa tasse jusqu'à s'être rassérénée et essaya de se concentrer sur les derniers enseignements qu'elle pouvait tirer du conférencier ce jour-là. Pour tout le séminaire même. Durant la pause déjeuner, Honey retourna à sa chambre et elle mangea avec Laszlo. Elle avait horreur de l'admettre mais elle voulait prendre de ses nouvelles autant qu'elle voulait aussi un moment loin des autres participants. Elle eut du mal à rester concentrée le reste de l'après-midi. Chaque fois qu'elle regardait son téléphone, aucun message ne l'attendait et, les quelques fois où elle regarda la porte, il n'y avait personne et tout était fermé. Personne n'entra, personne ne sortit.

Lorsqu'arriva finalement la conclusion du séminaire, elle applaudit aussi bruyamment et avec autant d'enthousiasme que les autres participants mais, immédiatement, la panique l'envahit. Elle allait devoir sortir et faire face à ce qui l'attendait. Honey retarda autant que possible le moment de sortir, se tenant au milieu de la foule, saluant les gens, récupérant des adresses. Quelques personnes s'organisaient pour le dîner, mais la grande majorité essayait d'en finir et de repartir. La plupart avaient leurs bagages au fond de la pièce, ils avaient déjà réglé leur note et allaient prendre la direction de l'aéroport. Mais pourquoi n'y avait-elle pas pensé ?

À cet instant même, elle aurait pu être en route pour l'aéroport et se sortir de ce pétrin, mais elle s'était dit qu'elle aurait besoin d'une nuit supplémentaire sur place. Après avoir remercié le dernier conférencier et David (assez rapidement parce qu'il était au milieu d'un groupe) elle se retourna et se rendit compte qu'il ne restait que quatre autres personnes dans la pièce qui sortirent avec elle en bloc de la salle de conférence.

Elle s'arrêta presque immédiatement. Erick se tenait au bout du couloir, les bras croisés, adossé au mur, l'air de s'être assoupi alors qu'il attendait quelqu'un. Honey regarda les alentours et s'aperçut qu'elle était seule. Elle se rapprocha de lui.

— Est-ce que tu m'attendais ? demanda-t-elle.

Il la gratifia d'un sourire paresseux.

— Bien sûr que je t'attends. Tu m'aimes, si tu te souviens… rétorqua-t-il, et elle lui décocha un regard plein de reproches, il se contenta de rire et il passa son bras sous le sien, lui disant qu'ils allaient parcourir le lobby pour que les gens voient qu'ils étaient ensemble.

— Et il en ressortira quoi de bon ? Et puis, je devrais plutôt faire ça avec Laszlo, il est beaucoup plus baraqué que toi et il a l'air beaucoup plus menaçant…

Erick rit bruyamment.

— Il est peut-être beaucoup plus baraqué que moi mais je ne suis pas certain qu'il soit plus dangereux.

Il avait dit ça sur un ton si froid, presque désincarné et vide, qu'elle ne pouvait que le croire. Elle frémit.

— J'ai cru comprendre qu'il les avait sérieusement amochés, du genre à les empêcher de se relever de sitôt. Au début, j'ai cru qu'il les avait tués.

— Je pense qu'il aurait dû. S'ils s'en sont pris à lui, c'est même exactement ce qu'il aurait dû faire.

— Sur le moment, j'étais soulagée qu'il n'ait tué personne parce que j'avais peur que ça me retombe dessus si jamais on le retrouvait dans ma chambre d'hôtel, mais, à présent, après avoir rencontré ces deux hommes au coffee shop, je ne sais plus quoi en penser. Personne ne doit être tué sans raison, mais ils m'ont fichu la trouille, fit-elle à mi-voix.

Erick pressa sa main contre ses côtes.

— Je suis d'accord, au moins, même si tu avais la trouille, tu as fait ce qu'il fallait et tu as pu leur fausser compagnie et maintenant, nous sommes là…

— Comment s'est passée ta journée ? demanda-t-elle en relevant la tête dans sa direction.

— Je ne saurais pas te dire. C'est certain que nous avons eu des informations et que notre enquête avance, mais est-ce que c'était des informations fiables ? Le jury est toujours en train de délibérer sur la question.

— Alors personne n'a vu quelqu'un poser la bombe ?

— Non, mais j'ai eu la description de deux mercenaires qui étaient au village la semaine précédente. Les villageois ne les ont pas beaucoup appréciés. Ils étaient arrogants, rustres, pas agréables et agissaient de façon suspecte.

— Comme s'ils magouillaient quelque chose ?

— On en vient facilement à cette conclusion, oui ! Mais nous ne sommes sûrs de rien alors qui peut nous dire ce qu'ils faisaient vraiment là ? Est-ce que tu peux décrire les deux hommes que tu as vu ?

Honey hocha la tête.

— Je peux faire encore mieux, fit-elle en sortant son téléphone.

Sans lâcher sa prise sur son bras, Erick se baissa légèrement.

— Tu les as pris en photo ?

— Je ne suis pas aussi douée que vous avec mon téléphone, les gars, mais j'ai pu en prendre plusieurs, expliqua-t-elle alors qu'elle remontait dans la galerie de son téléphone et, une fois la photo trouvée, tendit l'appareil à Erick qui lui prit le téléphone des mains.

— Oh oh oh…

— Quoi ?

— Bingo ! Grand, long cou et grandes oreilles…

— Et comment tu le connais ?

— Il est l'un des deux hommes que les villageois ont vus la semaine avant que notre véhicule ne saute.

— C'est possible ? C'était il y a un bout de temps. Tu crois vraiment qu'il s'agit de l'un des hommes qui ont posé la mine ?

— C'est possible, oui, mais aucune façon d'en être certain. Joli, fit-il en étudiant la photo. Et très utile aussi, se dit-il alors qu'il serrait Honey contre lui presque de façon approbatrice.

— Je ne sais pas s'il y a grand-chose de joli là-dedans mais je repense à ce que tu as dit. Deux hommes qui étaient prêts à poser une mine antichar pour faire sauter des véhicules de l'armée m'ont accostée dans un coffee shop. Qu'y a-t-il de bon dans tout ça ? s'exclama-t-elle doucement.

Ce dont Honey ne s'était pas aperçue, c'est qu'Erick lui avait fait faire le tour du lobby, presque comme s'il paradait avec elle devant tous avant de se diriger vers les ascenseurs.

Elle jeta un œil aux environs.

— Tu sais, si on avait eu un rencard et que tu avais été très fier de m'avoir à ton bras, j'aurais presque compris ce que tu viens de faire mais…

— C'est la même idée. Je fais savoir à tout le monde que

tu m'appartiens et que s'ils veulent pouvoir s'en prendre à toi, ils devront d'abord s'en prendre à moi.

IL N'AVAIT PAS eu l'intention de dire ça de façon aussi possessive mais c'était pourtant la vérité et il n'allait pas laisser tomber. Ces connards avaient déjà clairement dépassé les limites. C'était une chose de s'en prendre à Laszlo mais ça avait été une erreur de leur part, parce qu'à présent Honey et Laszlo avaient tous les deux des photos de leurs visages. Erick ne savait pas s'ils avaient réussi à les identifier parce qu'il n'avait pas encore pris le temps de remonter dans sa chambre.

Dès qu'il était arrivé à l'hôtel, il s'était rendu compte que le séminaire allait s'achever d'un instant à l'autre et ça voulait dire qu'il devait aller la chercher et rester avec elle jusqu'à ce qu'elle soit prête à partir mais, à présent qu'il se rendait compte d'à qui ils avaient affaire, il voulait mettre la main sur ces deux hommes, et ce dès à présent. Et si ça voulait dire rester un jour de plus sur place pour les retrouver, ça ne le dérangeait pas parce que, lorsqu'il mettrait la main sur eux, Erick s'assurerait qu'ils ne s'en prennent plus jamais à Honey.

Il ouvrit l'ascenseur et la fit s'y engouffrer.

— Alors ce sont les hommes avec qui Laszlo s'est battu ? demanda-t-elle, troublée.

— Tu as dit qu'ils avaient le visage visiblement contusionné.

— Oui, ils avaient l'air d'avoir été passés à tabac alors ça veut dire que le troisième s'est pas relevé ?

— C'est ce que je pense aussi mais, en attendant, tu ne

seras jamais seule.

— C'est pas un peu trop ? demanda-t-elle, un peu exaspérée.

Mais il savait qu'au fond d'elle, elle souriait. Il se pencha et embrassa sa joue.

— Ne t'inquiète pas, je ne te laisserai pas te débrouiller seule.

Le baiser la fit le fusiller du regard. Et juste parce qu'il se sentait un petit peu pervers, dans la même position, il embrassa ses lèvres. Au moment même où les portes de l'ascenseur s'ouvraient sur Cade et Talon qui les attendaient.

— Content de voir que vous vous êtes rabibochés, rit Cade.

— Ah ça oui, fit Honey, cassante et le fusillant du regard alors qu'elle sortait de l'ascenseur.

Erick ne put s'empêcher de sourire et il les entraîna vers la chambre de Laszlo dont il ouvrit la porte, faisant passer Honey devant lui. Il se demandait si cela faisait sens d'aller jusqu'à sa propre chambre mais ils pouvaient prendre cette décision maintenant qu'ils étaient tous à l'intérieur.

Honey entra, contempla Laszlo et grimaça.

— Est-ce que tu t'es un peu reposé au moins ? le tança-t-elle et elle repoussa en arrière ses cheveux pour voir ce qu'il avait fait de ses points de suture, soulagée qu'il ne les ait pas fait sauter.

— Je n'aurais jamais fait une chose pareille, s'offusqua-t-il.

Les trois autres hommes se rassemblèrent autour de lui.

— C'est assez bénin, commenta Cade.

— C'est ce que je lui ai dit, rétorqua Laszlo.

— Je n'ai pas changé d'avis, son corps a eu assez à endurer et il n'a pas besoin qu'on lui demande de fabriquer de la peau supplémentaire. Avec les points, ça guérira plus vite et plus proprement.

— Passons à autre chose que les blessures de Laszlo et revenons à notre sujet, fit Erick en dévisageant le reste du groupe.

Ajouter une femme à l'équation changeait la donne et ça changeait ses plans.

— Honey, quelle que soit la raison, tu ne quitteras pas l'hôtel ce soir, lui dit-il et il la vit poser ses mains sur ses hanches et le regarder d'un air mauvais. Non, je n'essaye pas de compliquer les choses, mais si ces deux hommes ont pu te piéger à l'intérieur de l'hôtel, que crois-tu qu'ils feraient s'ils te trouvaient à l'extérieur ? demanda-t-il avec un sourire.

Instantanément, l'agressivité d'Honey retomba et elle s'assit pesamment sur le second lit.

— Eh bien, j'imagine que ça veut dire qu'on va appeler le service d'étage…

Il rit.

— C'est certain que de la nourriture ne serait pas de refus mais que tu restes calme en faisant profil bas, c'est pour l'instant le plus important.

Elle hocha la tête et regarda le lit.

— Laszlo, est-ce que ça te dérange si… ?

— Fais comme chez toi, dit-il en haussant les épaules.

Elle retira ses chaussures, grimpa sur le lit et s'y blottit, adossée contre le mur.

— Alors, c'est quoi le plan ?

Erick la dévisagea. Il ne connaissait pas beaucoup de femmes aussi à l'aise qu'elle au milieu d'un groupe comme le leur. Il en connaissait plusieurs exactement comme elle dans leur entourage mais, dans le vaste monde, il y en avait assez peu. Il se rapprocha d'elle.

— On va y aller deux par deux, voir si quelqu'un nous attend, de façon à garder un œil sur le lobby et l'entrée de l'hôtel.

— Pourquoi voudrais-tu que quelqu'un d'autre se retrouve dans le même état que Laszlo ? fit-elle en secouant la tête.

Les hommes pouffèrent.

— Ce n'est pas parce que Laszlo s'est fait prendre que nous nous laisserons faire, protesta Talon, offusqué.

Honey se redressa.

— Ne traite pas Laszlo comme ça !

— Oui, ne me traite pas comme ça, fit-il en se redressant et souriant largement à ses équipiers.

— Je ne l'insulte pas mais ce n'est pas parce que Laszlo a été agressé par trois hommes que ça veut dire qu'ils auront assez d'hommes pour revenir et nous attaquer tous.

— Alors on reste à deux. Parce que ce sont eux qui m'ont agressée au coffee shop, commença-t-elle avant de se reprendre. Bon, ils ne m'ont pas agressée mais ils étaient décidés à m'empêcher de partir.

Elle s'affaissa contre le mur, les bras croisés, et fit semblant de fermer les yeux comme si elle ne participait plus à la conversation. Mais Erick savait qu'elle écoutait.

— À un moment ou un autre, on ira chercher à manger mais nous ne voulons pas que tu passes la nuit seule.

— Et lequel d'entre vous a été choisi pour être mon gigolo ce soir ? dit Honey en rouvrant les yeux.

Il y avait juste assez d'humour dans sa façon de le dire pour contrer son ton caustique. Tout le monde rit.

— Peu importe qui a été choisi, il n'y en a qu'un qui fera ce boulot et nous savons que c'est Erick. Parce que si l'un d'entre nous se portait volontaire, il aurait été coupé en petits morceaux… dit Laszlo.

— À peine, fit Erick.

— Parfait, alors c'est moi qui coucherais avec elle, suggéra Talon.

Erick se contenta de le fusiller du regard.

— Tu vois ? Tu n'as même pas à dire quoi que ce soit, tu étais prêt à me couper en tout petits morceaux sans que je ne te provoque, fit Talon en haussant les épaules.

— Peu importe qui s'en charge, je suis reconnaissante que vous veilliez sur moi, les gars, soupira Honey.

— Très bien, alors ne fais pas de difficultés et laisse-nous veiller sur toi. On s'assurera que tu arrives à l'aéroport à temps pour retourner aux États-Unis.

— Oh d'accord, je pourrais téléphoner à la compagnie aérienne et voir si je peux prendre un vol plus tôt ce soir, suggéra-t-elle.

— J'ai déjà téléphoné et il n'y a de la place sur aucun vol qui part ce soir, dit Laszlo.

— Évidemment, ç'aurait été trop simple, pas vrai ? Quelle heure est-il ? Seize heures trente ? Peut-être même dix-sept heures ? Va-t-on bientôt dîner ? demanda Honey.

Ce qui amena une conversation plus détaillée sur les arrangements concernant la nourriture.

— Vous pensez qu'il faut commander à emporter quelque part, appeler le service d'étage ou bien qu'on peut sortir sans danger ? demanda Cade.

— C'est plus sûr de rester sur place mais ça ne veut pas dire que personne ne peut commander au restaurant. Je ne connais aucun des restos des environs alors je crois qu'il vaudrait mieux s'en tenir au service d'étage ou au restaurant de l'hôtel.

— On devrait être en sécurité au restaurant au rez-de-chaussée et, même s'ils nous voient, on sera dans un lieu public.

— Ils ont l'air assez furtifs. Ils ne veulent pas attirer l'attention sur eux et il n'y a pas loin entre le restaurant, le lobby d'entrée et les escaliers.

Honey sauta du lit et se dirigea vers la porte.

— Parfait ! Je suis affamée !

Erick lui coupa la route.

— Ça ne veut pas dire qu'on a pris notre décision, fit-il, cassant.

Elle se redressa de toute sa hauteur, même si elle faisait toujours une tête de moins que lui, et le regarda avec défiance.

— Tu peux décider de ce qui te concerne mais tu viens de dire que le restaurant était sans danger alors c'est là que je vais aller. Je vais descendre et tu peux ou non m'accompagner, asséna-t-elle en tentant de le contourner.

Il se décala imperceptiblement, l'entravant toujours.

— Tu sais que je peux monter sur le lit ou que je peux le contourner aussi, hein… Alors pourquoi fais-tu tant de difficultés ?

— Parce que tu ne franchis pas cette porte seule, rétorqua Erick.

— Alors est-ce que tu es habillé pour dîner, chéri ? demanda-t-elle.

— Ce n'est pas à moi de te dire ça ? murmura-t-il à l'oreille d'Honey.

CHAPITRE 8

HONEY ROUGIT LORSQUE se rendit compte quand l'appelant « chéri », il venait juste de se servir de ce qu'elle venait de dire contre elle.

— À qui que ce soit de dire ça, on peut aller manger s'il te plaît ? demanda-t-elle en se rapprochant de lui puis le poussa légèrement.

Il la prit par la taille et la serra contre lui. Surprise, ses bras se resserrent autour de lui dans une étreinte. Elle n'était pas certaine de ce qu'elle faisait mais instinctivement elle se dit que c'était ce qu'il fallait faire : se rapprocher de lui et se blottir contre lui, ce serait facile d'oublier leur première rencontre. Et leur deuxième aussi. Tous leurs textos et leurs conversations semblaient l'avoir menée à ce moment-là. Mais il manquait encore quelque chose. Elle recula légèrement et lui demanda s'il avait faim. Il baissa les yeux et Honey vit dans son regard qu'il était effectivement affamé, mais pas de nourriture.

Elle se sentit s'empourprer et essaya de s'éloigner mais il resserra son étreinte. Elle savait que les autres les regardaient alors elle fusilla Erick du regard.

— Pas ce genre de faim, dit-elle dans un murmure rauque.

Il se pencha et embrassa délicatement ses lèvres. Puis il relâcha sa prise et passa son bras sur ses épaules en chuchotant un « plus tard », tout en s'assurant de la garder près de lui.

— Et ça vous dirait qu'on aille dîner tous ensemble ? s'enquit Erick.

Les hommes se levèrent, Laszlo inclus. Honey se rendit compte à ce moment-là que ce dernier s'était plutôt bien remis et qu'il n'avait pas l'air plus mal en point que les deux hommes qu'elle avait rencontrés au coffee shop. Ils n'avaient pas eu l'air d'attirer l'attention de qui que ce soit. Lorsqu'Erick ouvrit la porte, elle essaya de sortir la première mais, évidemment, il ne la laissa pas faire. Il sortit le premier, vérifia le couloir, hocha la tête, tendit la main et Honey s'en saisit. Ensemble, le groupe se dirigea vers l'ascenseur.

— Hier soir, j'avais l'impression qu'il n'y avait aucune lumière à cet étage, commença-t-elle avant d'ensuite raconter ce qui s'était passé et à quel point cela l'avait terrifiée.

— Est-ce que tu en as parlé à la direction ? demanda Erick.

— Le porteur m'a dit qu'il s'en chargerait et comme ça ne s'est pas reproduit, j'imagine qu'ils ont dû faire le nécessaire mais je peux te dire que sur le moment ça m'a foutu la trouille !

— À juste titre, c'est jamais bon signe quand ton étage est plongé dans l'obscurité.

Tenant toujours la main d'Erick, ce qu'elle trouvait réconfortant d'une certaine façon, elle s'attendait à ce qu'ils sortent de l'ascenseur et traversent le lobby d'entrée ensemble, la réception était sur la gauche, ouverte devant eux et, sur la droite, se trouvaient de confortables banquettes où elle s'était installée au début de son séjour. Mais il lui semblait à présent qu'il s'était passé une éternité depuis. Elle regarda la pièce mais personne ne regardait dans leur direction. Il y avait tant de gens qui entraient et sortaient dans le lobby que son groupe n'attira pas l'attention. Erick l'entraîna l'air de rien vers le restaurant et, lorsqu'ils entrèrent, il lui sembla qu'elle avait entendu un bruit. Elle se tendit et se trémoussa mais Erick resserra sa prise sur ses épaules.

— Détends-toi, juste une valise qui tombe, fit Erick et elle se décida à lui faire confiance et sourit à l'hôtesse qui leur demanda combien ils étaient.

Quand Erick répondit qu'ils étaient quatre, elle se tendit à nouveau. Puis elle se rappela qu'il avait dit que quelqu'un devait monter la garde.

— Je croyais que c'était deux par deux, murmura-t-elle.

— C'est le cas, un à l'intérieur, l'autre à l'extérieur, celui à l'intérieur se trouvera à table avec nous.

— Je ne pense pas que ça fasse truc d'espion super secret, soupira Honey.

— Ce n'est pas supposé l'être, c'est censé faire naturel, ma puce, rit-il.

L'hôtesse les installa à une table près de la fenêtre mais Erick lui désigna une table au milieu de la salle à manger. Honey voulut protester mais il la fit taire en serrant sa main. Une fois installés à la nouvelle table, elle lui demanda pourquoi.

— Les fenêtres, ça fait de vous une cible.

Elle le dévisagea un long moment, se sentit blêmir et posa une main tremblante sur sa joue.

— Waouh, ça ramène rapidement à la réalité…

— C'est mon boulot de te garder en sécurité et j'ai l'intention de faire tout mon possible pour ça, fit-il en l'observant intensément.

— Merci, chuchota-t-elle avec un petit sourire tremblant, après avoir pris une grande inspiration.

Erick saisit sa main, glissa ses doigts entre les siens et chuchota « avec plaisir » en retour. Elle se retourna et sourit à Laszlo et Cade. C'était Talon qui avait été désigné pour sortir.

— Je ne sais pas vous, les gars, mais moi je suis affamée.

— On a déjeuné ensemble ce midi, fit Laszlo.

Elle hocha la tête mais elle n'était pas certaine de savoir si Laszlo tentait d'aiguillonner Erick ou s'il lui rappelait son dernier repas.

— Mais je t'ai laissé le gros de mon assiette, contra-t-elle.

— Absolument pas, rétorqua Laszlo, offusqué.

— Bien sûr que si !

— Tu as dit que tu n'avais pas faim, répliqua-t-il.

— Tu avais l'air d'avoir plus faim que moi. Mais ce n'est pas grave, je vais me rattraper et manger la moitié de ton dîner, fit-elle avec un large sourire. Instinctivement, Laszlo saisit sa chaise et s'éloigna légèrement d'elle. Honey rit. C'était, à dire vrai, la première fois qu'elle riait depuis leur arrivée. Un rire libre et sans entrave qui lui échappait, empli de joie. Parce que même si les circonstances étaient loin d'être idéales, il y avait quelque chose de merveilleux à dîner avec ces gars. Il y avait longtemps qu'elle ne s'était pas permis d'apprécier la compagnie d'hommes sur un plan sociable. C'était unique, différent et elle appréciait vraiment. Se saisissant du menu, elle le lut et demanda ce qu'ils allaient prendre.

Cela entraîna une grande conversation sur les avantages et les inconvénients de ce qu'il y avait au menu et, finalement, Honey décida de s'en tenir à son choix initial. Elle déposa son menu sur la table en attendant que les autres prennent leur décision.

— Je prendrai un gros steak à point, une pomme de terre en robe des champs et une salade César, informa-t-elle les autres qui la dévisagèrent.

Ils refermèrent tous leurs menus et les empilèrent sur le sien. Lorsque la serveuse arriva après les avoir vu faire, elle vint prendre leur commande.

— Quatre steaks, pommes de terre en robe des champs et salades César, s'il vous plaît, rit Erick.

ERICK TROUVAIT INTERESSANT d'observer Honey interagir avec les gars. Mieux que ça, elle semblait même être l'une des leurs. Ils l'avaient très rapidement acceptée. Il n'était pas certain de savoir comment elle était passée de la femme qui avait embouti sa voiture bien-aimée à quelqu'un qu'il protégeait. De son plein gré. Elle avait dû être aussi attirante lorsqu'ils s'étaient rencontrés pour la première fois avec de la tôle froissée dans le décor mais il se dit que ce n'était peut-être pas le cas.

À ce moment-là, il n'était pas vraiment en forme. Il allait bien mieux maintenant. Elle avait dit qu'elle n'aurait pas dû conduire à ce moment-là et il n'était pas certain de ce qu'elle entendait par là. Il avait à présent un peu honte de s'être tellement focalisé sur sa douleur et ses problèmes qu'il n'avait pas vraiment envisagé qu'elle devait en avoir elle aussi.

À présent, elle dînait avec eux, riant et plaisantant d'avoir choisi un steak et des pommes de terre, les hommes étant des victimes consentantes de son choix. Elle échangeait des plaisanteries avec Laszlo. Erick se sentit un peu jaloux, se demandant comment ils avaient pu se rapprocher. Il comprit qu'ils avaient passé davantage de temps ensemble. Il les jaugea soigneusement, se demandant s'il s'était formé une certaine intimité entre eux mais il n'en fut rien. Soulagé, il s'adossa à sa chaise et se rapprocha un peu d'Honey. Il ne comprit pas ce besoin de faire ça mais quelque chose en elle l'attirait et ne le laisserait pas partir.

Au même moment, la serveuse revint et glissa devant Honey un verre de vin rouge. Les gars avaient commandé une bière mais Erick s'en était abstenu. Depuis les opérations qu'il avait eues et tous les médicaments qui allaient avec, son organisme avait développé une intolérance à certains types de bière et il ne voulait pas prendre le risque ce soir-là. Il avait besoin d'avoir les idées claires. Au contraire, le vin aiderait Honey à se détendre. Lui aussi se détendit et écouta les blagues des autres. Tout se passait bien, presque comme s'il n'y avait pas besoin de s'inquiéter de quoi que ce soit. Le calme et le répit leur faisaient le plus grand bien. Erick ne cessa jamais d'observer les parages et son téléphone était silencieux, ce qui était en soi plutôt inhabituel mais ce n'était pas pour autant qu'il n'allait pas en profiter.

— Ça t'arrive de te reposer ? lui demanda Honey en se tournant vers lui.

Il haussa les sourcils à la question, surpris.

— Tu ne baisses jamais ta garde ? redemanda-t-elle.

Erick hocha la tête.

— Pas dans une situation comme celle-ci. Il y a très certainement un moment pour baisser sa garde mais pas quand on est à l'étranger avec quelqu'un à nos trousses.

— J'imagine que je me demandais si tu nous pensais toujours en danger, acquiesça-t-elle.

— Je n'aurais pas mis quelqu'un en faction et je ne serais pas là en train de m'assurer que tu sois en sécurité si je ne pensais pas que nous sommes en danger.

Honey sembla s'assombrir et il se demanda si ce qu'il venait de dire pouvait en être la cause mais rien ne lui vint. Finalement, il se dit que c'était seulement le produit de son imagination.

— Est-ce que c'est ta seule raison de veiller sur moi ? demanda-t-elle à mi-voix.

Il la jaugea, ses mots passant en boucle dans sa tête.

— Est-ce que tu espères qu'il s'agisse d'une autre raison ? s'enquit Erick.

Il se rappela leurs taquineries par texto et comment il s'était senti rajeunit, presque fou et imprudent mais, à présent, il se sentait bien plus vieux et plus sage. Mais elle n'avait pas à en faire les frais.

— On détourne l'attention en répondant à une question par une question ? fit remarquer Honey en faisant la moue.

Il haussa les épaules.

— Non, ce n'est pas la seule raison. Tu me plais.

— Alors je peux percuter de nouveau ta voiture ? demanda-t-elle en haussant les sourcils.

Erick rit, ce qui le surprit lui-même et il fit signe que non.

— Non, tu restes à distance de ma voiture, hein !

— C'était vraiment un accident, tu sais, gloussa-t-elle.

— Heureusement, hein, parce que si j'avais pensé que tu l'avais exprès j'aurais… fit-il en laissant sa phrase en suspend et en se penchant un peu plus près d'elle et lui fit remarquer qu'elle avait dit qu'elle n'aurait pas dû conduire ce jour-là.

Elle hocha la tête.

— Je venais de faire une fausse couche et je rentrais chez moi. Peut-être que j'aurais mieux fait de prendre un taxi.

Choqué, il la regarda avec insistance.

— Je suis désolé.

— Moi aussi, je n'aurais pas dû conduire. Comme j'ai pu le dire à Laszlo, c'est mon copain qui aurait dû conduire mais il s'était fait la malle avec ma meilleure amie.

Erick grimaça, comprenant enfin un peu mieux ce qui avait pu causer leur accident. Il n'avait pas été très sympathique avec elle à ce moment-là. À dire vrai, il avait même été assez explosif.

— Je n'aurais certainement pas dû être aussi odieux envers toi !

Elle le regarda un long moment.

— C'est quoi ça ? Tu me pardonnes ?

Il ricana.

— Non, mais c'était la première fois que je sortais seul de l'hôpital, je rentrais chez moi après un an d'opération et de kiné alors j'étais pas au meilleur de ma forme non plus.

— Eh bien, je suis contente que ta Mustang soit réparée.

— *Presque* réparée, insista-t-il. Pas totalement. Mais j'ai bon espoir.

— Comment ça ?

— Je cherche des pièces d'origine, c'était une voiture d'origine et je cherche dans toutes les casses du pays pour trouver des pièces originales. L'assurance a permis les réparations mais ce n'était pas des pièces d'origine et moi je ne veux que ça. J'ai fini le plus gros mais j'attends de trouver les dernières pièces.

Elle hocha la tête.

— Eh bien, je suis contente que les réparations de ta Mustang soient en très bonne voie.

Il hocha lui aussi la tête.

— Qu'est-ce qui t'a amenée à ce séminaire ?

— Je veux en savoir davantage, les États-Unis sont vraiment à la traîne en termes de recherche sur les cellules souches.

— Vraiment ? demanda-t-il, surpris.

Elle rit.

— Les Américains croient toujours que nous sommes à la pointe de la technologie mais il n'en est rien. Je suis venue pour en apprendre davantage. Ça fait des années que j'essaye d'avoir une place. Mais, d'un coup, il y a eu une annulation et j'ai pu venir. Malheureusement, il se passera sûrement des décennies avant que je puisse utiliser ces techniques dans mon cabinet.

— C'est triste !

— C'est sûr, dit-elle joyeusement, mais ce que je vois venir, ce sera génial ! Je vais travailler dessus pour qu'au moment venu, je sois prête.

Il admirait ça. Quelqu'un qui allait de l'avant, qui était progressiste.

— Content de voir que tu penses à long terme !

— Toujours. Parce que c'est rare que l'on apprécie ça quand on travaille pour d'autres personnes, rit-elle.

— C'est sûr, dans mon boulot, c'est difficile aussi. L'objectif à long terme, c'est un monde en paix. Mais à court terme, c'est s'occuper des conflits actuels, expliqua-t-il.

À ce moment-là arrivèrent leurs steaks et elle sourit lorsqu'elle découpa le sien, exposant la chair à point à l'intérieur. Elle remercia la serveuse en lui disant que c'était parfait. Ils parlèrent ensuite très peu, occupés à manger.

Erick la regarda prendre chaque bouchée et la savourer. Il était rare de voir quelqu'un apprécier autant un repas.

— Ça fait longtemps que tu n'as pas mangé de steak ?

— Avant d'arriver ici, j'ai essayé d'être végétarienne pendant trois mois, mais ça ne me convient pas… dit-elle.

Il rit et les autres le regardèrent, perplexes.

— Tu es sérieuse ?

— Oui, j'ai essayé pour alléger le stress plutôt que pour une croyance quelconque. Ce n'est pas que j'apprécie particulièrement la façon dont nous produisons de la viande aux États-Unis mais j'ai eu beaucoup de mal à être végétarienne. Il n'y a rien qui soit comparable à un bon steak. J'apprécie vraiment. Alors c'était une très bonne idée, je te remercie, expliqua-t-elle en coupant sa viande et continua son repas.

Erick fit de même mais étudiait toujours le restaurant. Tout semblait calme. Il saisit le regard de Laszlo et lui demanda s'il pensait la même chose que lui. Laszlo acquiesça alors qu'il mangeait sa dernière bouchée de steak.

— Oui, c'est bien trop calme.

Honey se figea.

— Trop calme ? Dans combien de temps est-ce que l'on change d'équipe ?

Erick jeta un coup d'œil à sa montre.

— Dans cinq minutes.

— Je vais remplacer Talon, fit Laszlo en repoussant son assiette.

Il se leva et la serveuse se précipita vers lui. Il passa commande d'un autre steak, pomme de terre en robe des champs et une salade, expliquant que quelqu'un d'autre les rejoignait. Il leva un pouce affirmatif à ceux encore à table, se retourna et sortit. La serveuse débarrassa son assiette et amena un nouveau couvert puis, après un sourire pour tous, repartit.

Ils attendirent Talon mais rien ne changea. Au moment où Erick commençait à s'inquiéter, sur le point de suivre Laszlo, Talon arriva, à l'instant où l'on déposait son steak à sa place. Il s'assit, l'air affamé.

— Dieu merci !

Erick attendit qu'il ait mangé un petit peu avant de lui demander si tout allait bien. Talon fit signe que non mais il n'en dit pas plus. Finalement, il termina son assiette et se leva. Les autres se levèrent d'un coup.

Erick passa un bras sur les épaules d'Honey, la dirigea vers la caisse et, là, il paya pour tout le monde avant de se diriger vers l'ascenseur dans lequel elle monta lentement. Elle avait entendu Talon en même temps qu'Erick. Ils montèrent tous et s'arrêtèrent devant la porte de Laszlo et entrèrent. Honey interrogea Erick d'un regard, pourquoi cette chambre ? Elle jaugea son expression et celle de Cade avant de leur demander où était Talon.

— Il est dans ta chambre, dit-il à l'intention d'Honey puis demanda à Cade s'il allait bien.

Cade acquiesça.

— Je reviens au rapport dans cinq minutes, fit-il et il partit.

Erick regarda Honey.

— Je veux que tu restes ici.

— Pourquoi ? Est-ce que tu restes ?

— Je vais vérifier les autres chambres mais je reviens immédiatement.

— Attends ! Pourquoi ?

— Talon a vu l'homme qui était dans ta chambre.

— Comment pouvez-vous être certains que c'était lui ?

— On n'est sûrs de rien, c'est pour ça qu'on aimerait bien le revoir et avoir l'occasion de lui demander en personne, répondit Erick avec un sourire en coin avant de partir.

CHAPITRE 9

HONEY CONTEMPLA LA porte fermée. Elle aurait voulu pouvoir passer quelques minutes supplémentaires tous les deux et qu'il lui explique de quoi il en retournait. Non pas qu'elle ait besoin des détails… Mais combien de personnes étaient impliquées dans ce bazar ? Puis elle rit. À quoi pensait-elle ? Seulement deux ? C'était déjà deux de trop pour elle. Elle s'était imaginé que l'homme dans sa chambre devait être celui qu'ils avaient mis au tapis mais il n'y avait aucune façon d'en être certaine.

Elle passa aux toilettes, s'installa confortablement sur le lit de Laszlo et récupéra la télécommande. Ce qu'elle aurait préféré avoir à ce moment-là, ç'aurait été son ordinateur portable. Elle aurait pu vérifier ses mails, travailler un petit peu, prendre des nouvelles du bureau. Honey devait prendre son vol de retour le lendemain après-midi, ce qui faisait qu'elle était coincée sur place pour la nuit mais plus tôt elle partait, mieux ce serait.

Grimaçant, elle se dit qu'elle pourrait peut-être se glisser dans sa chambre. Elle se leva, ouvrit la porte et se rendit compte que si la porte se refermait derrière elle, elle n'aurait aucun moyen d'entrer à nouveau dans la pièce. Elle utilisa une chaise pour tenir la porte ouverte et franchit les quelques mètres à peine qui la séparaient de sa chambre. Honey entra, se saisit de son ordinateur et de son chargeur et repartit mais pas sans s'assurer que la porte était bien refermée derrière elle puis elle traversa le couloir pour rentrer dans la chambre de Laszlo.

Elle entra, retira la chaise, laissa la porte se refermer et se dirigea vers le fond de la pièce pour y remettre la chaise à sa place, posant son ordinateur sur le lit et prévoyant de s'adosser à la tête de lit mais… un bras lui saisit soudainement le cou et la serra contre un torse ferme. Elle se figea.

— Qu'est-ce que vous voulez ? demanda-t-elle à bout de souffle.

— Tes amis !

— Je ne sais pas où ils sont, répondit Honey.

Ce serait inutile d'affirmer qu'elle ne savait pas de qui il parlait parce qu'évidemment elle le savait très bien et lui aussi, puisqu'il était là.

— Peut-être que non mais une chose est certaine, ils reviendront ici.

Il retira son bras et elle se pencha en avant pour tenter de reprendre son souffle, puis, pivotant légèrement, elle essaya de l'observer. Il semblait qu'il s'agissait du même homme qui l'avait agressée dans sa chambre. Il portait encore une fois une cagoule noire qui ne laissait apparaître que ses yeux brillants.

— Encore vous ?

— Oui, encore moi. Ça te pose un problème ? fit-il avec un sourire.

Son ton était insolent, comme s'il n'en avait rien à faire. Et si elle ouvrait la bouche, Honey se dit qu'il ne manquerait pas de la gifler. Elle secoua la tête, se saisit de son ordinateur et s'assit sur le lit comme elle en avait eu l'intention.

— Non, mais pendant que vous vous faites la guerre, les garçons, ça ne vous dérange pas que je vérifie ma boîte mail, pas vrai ?

Il la regarda, incrédule, en lui arrachant pratiquement son ordinateur des mains.

— Je ne suis pas idiot au point de te laisser faire une chose pareille, tu pourrais envoyer un message pour prévenir quelqu'un.

Consternée, elle le vit jeter au sol son ordinateur.

— Ne faites pas ça, j'ai besoin des programmes qui sont là-dessus…

Il ricana et sauta frénétiquement sur l'ordinateur.

Son cœur se serra lorsqu'elle pensa à toutes les notes qu'elle avait prises, aux programmes qu'elle avait spécifique-ment installés pour son travail. Ce serait beaucoup de travail de le nettoyer, de recharger les fichiers et de faire tout ce que l'on avait à faire lorsque l'on paramétrerait un nouvel ordinateur. Il lui avait fait perdre une semaine, en plus de l'avoir rendue furieuse. Elle le fusilla du regard.

— Vous n'aviez pas besoin de faire ça.

— Non, c'est vrai, mais après tout, tu n'avais pas à être là avec ces mecs non plus…

— Qu'est-ce que vous leur voulez ?

— Il faut qu'ils arrêtent de poser des questions.

— Pourquoi ça ? Ils se rapprochent trop de la vérité ? ricana Honey.

Ce qu'elle vit dans son regard la fit taire.

Il hocha lentement la tête.

— T'es maligne ! Je te dirais bien de faire attention à ce que tu dis parce que je pourrais te ficher une sacrée raclée. J'en ai rien à foutre de qui tu es, de ce que tu fais ou de qui tu baises. Tu n'es pas importante. Tu n'es qu'un pion.

Dit comme ça, il n'était que trop évident qu'il n'hésiterait pas à la tuer. Et elle n'était pas dans sa chambre.

Elle ne savait pas s'il y avait quoi que ce soit qu'elle puisse utiliser en riposte et se dit qu'elle ne devait pas être en danger tant qu'elle faisait profil bas mais elle ne doutait pas qu'il la tue si elle déviait. Il y avait même des chances qu'il essaye de la torturer pour faire pression sur les gars. Si ça devait aller aussi loin. Elle espérait de tout cœur que non et se réinstalla, se contentant d'attendre en croisant les bras et fermant les yeux pour tenter de se détendre. Et pourtant, elle était consciente de chacun des mouvements de l'intrus.

— T'es pas du genre calme ?

— Il n'y a rien que je ne puisse faire à part attendre la fin de votre guéguerre, commenta-t-elle, fatiguée.

— Et ça ne dérange pas les gars que tu parles de leur boulot sur un ton pareil ? Que tu dénigres ce qu'ils font ?

Elle haussa les épaules et y songea. Mais elle n'avait jamais dit une chose pareille à Erick. Elle le connaissait à peine. Tout ce qu'elle pouvait espérer, c'était être rapidement de retour au Nouveau-Mexique. Ça risquait sûrement d'être un cauchemar récurrent pendant quelques semaines puis cela prendrait sa place dans son historique personnel, un historique qu'elle espérait ne jamais rouvrir.

— Tu sais ce qu'ils cherchent ?

Elle le regarda, surprise.

— Non, je ne sais pas. Comme vous, ils ne sont pas bien bavards, dit-elle en haussant les épaules.

Il eut un rire qui ressemblait à un aboiement.

— Eh bien, au moins, tu ne fais pas dans la conversation sur l'oreiller. Ce sont toujours les pires, les gars qui ouvrent la bouche quand ils se sentent bien après une partie de jambes en l'air.

Honey resta silencieuse. D'expérience, elle n'avait pas vécu ça mais elle ne couchait pas particulièrement avec des gars impliqués dans ce genre de merde.

— Si vous ne savez pas ce qu'ils cherchent, pourquoi ça vous inquiète qu'ils posent des questions ?

— Je ne suis pas inquiet ! rétorqua-t-il.

— C'est vous qui venez de dire qu'ils devaient arrêter de poser des questions.

— Mais je n'ai pas dit que ça me concernait personnellement.

— Oh, dit Honey.

— Tu comprends ? C'est pour ça qu'il ne devrait pas y avoir de femmes dans l'armée, fit-il, désapprobateur.

— Pourquoi ? Parce que je viens seulement de me rendre compte que vous avez été embauché par quelqu'un d'autre pour faire ça ? Parce que je ne joue pas bien le jeu ? Parce que je n'ai aucun entraînement ? Alors vraiment désolée de ne pas avoir remarqué un mercenaire la première fois que j'en vois un…

Immédiatement, il passa de l'étranger aimable à un soldat au regard acéré.

— Je ne suis pas un mercenaire, un mercenaire, il se vend à tout le monde. Et ce n'est pas mon cas.

Elle le jaugea longuement et acquiesça poliment. Intérieurement, elle s'inquiétait par contre de son tempérament incisif. Était-ce normal que quelqu'un ait de pareilles sautes d'humeur ? Il était évident qu'elle l'avait insulté. Mais il eut l'air de baisser sa garde malgré tout. Honey ne put s'empêcher de cogiter, de se demander ce qu'elle était supposée faire à présent. Parce qu'il avait raison, les gars reviendraient et cela voulait dire qu'il fallait qu'elle trouve une façon de les prévenir. Mais comment allait-elle pouvoir faire ça ? Ce n'était pas comme si Erick lui avait appris des trucs… Elle avait toujours son téléphone mais son agresseur scrutait ses mouvements et elle ne voulait pas qu'il saute sur son téléphone comme il avait pu le faire sur son ordinateur.

— Il y a des gars qui feraient n'importe quoi pour un bifton, confia son kidnappeur, je ne suis pas comme ça, moi, j'ai une éthique !

Elle acquiesça, comme si elle comprenait mais elle se demandait tout de même de quelle planète il venait. Parce que qui considérait que kidnapper une femme innocente dans le but d'obtenir des informations venant de ses amis voulait dire avoir une certaine éthique ?

— Ton copain et ses potes essayent de faire porter le chapeau à quelqu'un d'autre, fit-il.

Encore une fois, Honey hocha la tête. Il semblait que c'était la seule chose qu'il lui laissait faire. Ou peut-être qu'il était un de ces gars avec lesquels on ne pouvait pas discuter. Qui n'accepterait pas d'avoir autre chose que raison. Elle voulait vraiment lui poser des questions mais elle ne pouvait pas risquer qu'il explose encore une fois.

— Tu vois ? C'était ça leur erreur.

— Quelle était leur erreur ? demanda-t-elle, perplexe.

— L'accident.

Elle fit de son mieux pour dissimuler sa surprise.

— Oh ? Vraiment ?

Il hocha la tête et se pencha.

— Ce sont eux qui ont roulé sur cette mine, s'ils n'avaient pas roulé dessus, rien de tout ça ne se serait produit.

Feignant l'ignorance, elle fit semblant d'écarquiller les yeux de surprise.

— C'est ce qui s'est passé ?

Il acquiesça et commença à faire les cent pas.

— Alors je ne sais pas pourquoi ils posent des questions.

Leur véhicule a sauté. Bon Dieu, c'est Talon qui conduisait alors s'ils devaient en vouloir à quelqu'un, ça serait bien lui, pas vrai…

Intérieurement, elle s'émerveillait. Et pourtant, elle s'inquiétait qu'il la tue. S'il lui racontait tout ça, c'est sûrement qu'il s'attendait à ce qu'elle ne le raconte à personne.

— C'est Talon qui conduisait ?

— Oui, c'était lui, c'est lui qui a roulé sur la mine, confirma-t-il.

— Est-ce qu'il y avait des signes de la présence d'une mine ? demanda Honey qui ne savait pas bien comment ces choses fonctionnaient mais elle doutait fort qu'Erick blâme Talon d'avoir roulé sur la mine s'il n'y avait aucune façon de savoir qu'il y en avait une.

— Tu n'y connais vraiment rien, pas vrai ? rit l'homme.

— Désolée, je ne suis pas dans l'armée.

— Oui, j'étais surpris qu'ils traînent avec quelqu'un qui n'avait aucune expérience. Peut-être que c'est mieux comme ça. De toute façon, toutes les femmes sont des blondes idiotes, quelle que soit leur couleur de cheveux…

Honey grimaça.

— Ah oui, ça t'a pas plu, pas vrai ?

— Je ne crois pas que ça plaise à qui que ce soit.

— Pas grave, il reste que tu es une blonde idiote, fit-il joyeusement.

— Alors, expliquez-moi.

— Il n'y a rien à expliquer.

Elle attendit.

Il haussa les épaules, se retourna et accéléra le pas puis tira les rideaux devant les portes-fenêtres.

— Ils étaient tous dans le même véhicule, ils sont tous

passés sur la mine antichar, la mine antichar a sauté. Ils ont tous fait BOUM. Rien de plus à dire, ça arrive tout le temps, fit-il en haussant les épaules.

— Vous croyez vraiment qu'il n'y a rien de plus à dire ? Ils pourraient seulement chercher des excuses pour un mauvais timing, fit-elle et autant qu'elle détestait accuser Talon, si ça pouvait faire que le gars continuait de parler… à sa façon de se comporter, elle doutait qu'il sache grand-chose mais il lui fallait pourtant essayer. Un homme avait été tué.

— Difficile à dire mais il n'y a aucune façon de savoir où se trouvent les mines. C'est pour ça qu'elles sont enfouies. Pour prendre les gens comme ça par surprise. Ils n'auraient pas dû être là où ils étaient.

— Pourquoi est-ce qu'ils étaient là ?

— Je sais pas, je me suis dit qu'ils devaient chercher la cache d'armes…

Elle se figea.

— Quelle cache ? demanda-t-elle prudemment.

— Le gars qui me paye pour avoir des réponses, c'était sa cache. Il s'est imaginé que les gars venaient pour ça et le dénoncerait à l'armée. Ce n'est pas lui qui a posé la mine mais il avait envoyé des hommes en barrage pour empêcher quiconque de venir. Il s'était dit que quelqu'un avait dû poser la mine pour tenir les gens à distance. Il n'était pas bien d'accord. Et pourtant, ces gars n'étaient pas là où ils auraient dû être alors ça ne l'a pas dérangé plus que ça.

Oh merde, elle ne savait pas quoi répondre à ça. Peut-être que ça n'avait rien à voir avec ce qu'Erick croyait qu'il s'était passé. Ce serait très moche s'il pourchassait ce connard mais pour tout autre chose que ce qui s'était vraiment passé.

— Alors tu comprends pourquoi ils ne devraient pas poser de questions, conclut-il.

— Exactement ! Parce qu'évidemment, votre ami avec la cache d'armes ne veut pas se faire chopper. Parce qu'il y a des chances que les armes soient toujours au même endroit.

— Si tu crois vraiment que je vais te donner de vraies informations, tu te trompes, ricana-t-il.

— Ce n'est pas ce que je veux dire, je suivais juste le raisonnement. Et, évidemment, personne ne veut que l'on vienne mettre son nez dans le coin.

— Et particulièrement pas quelques années après, fit-il sur un ton cassant et il regarda par la fenêtre, se dirigea vers la porte et demanda à Honey combien de temps ils étaient supposés être partis.

— Je ne sais pas, ils m'ont dit de rester là.

— Tu m'étonnes ! rit-il et il retourna à la porte-fenêtre qu'il ouvrit puis sortit sur le balcon.

Honey n'était absolument pas certaine de savoir quoi faire. Il avait disparu si vite et si facilement de sa chambre qu'elle avait peur qu'il parte immédiatement.

— Et puis, comment avez-vous pu sauter entre les balcons ? l'interpella-t-il.

Il ne répondit pas.

Elle avait peur de se lever pour aller vérifier. Il était au coin du balcon et les rideaux le dissimulaient, Honey n'avait aucune façon de savoir s'il était toujours là. Mais sachant la vitesse à laquelle il s'était volatilisé la dernière fois, il était assez certain qu'il était parti depuis un moment. Elle sortit son téléphone et envoya un message à Erick l'avertissant que le type était dans la chambre avec elle puis elle refourra son téléphone dans sa poche.

Le type en question rentra dans la pièce et la fusilla du regard.

— Est-ce que tu viens de contacter quelqu'un ?

Elle le dévisagea et ouvrit une bouche béante.

— Comment aurais-je pu ? Je suis toujours assise ici et j'avais peur que vous sautiez à nouveau d'un balcon à l'autre. Je n'arrive même pas à me dire comment vous pouvez faire un truc pareil…

— Je suis juste doué, fit-il sans en faire de cas.

Elle remarqua qu'il était particulièrement grand.

— Eh bien, vous avez le physique pour ça, ça doit aider.

— Bien sûr, ne dis pas que c'est grâce à de l'entraînement et dis que c'est seulement une affaire de génétique. Les gens comme toi, ça me rend malade…

Encore une fois, une saute d'humeur. Elle fit la moue.

— Qu'est-ce que vous voulez dire ?

— Il m'a fallu beaucoup de temps et d'efforts pour me perfectionner. Les gens comme vous, ils se disent que c'est une question de génétique, comme ça ils ne veulent pas essayer de mettre le temps et l'effort nécessaire pour devenir bon. La génétique, c'est juste une excuse. Je suis grand et mince mais je suis très bon à ce que je fais parce que j'ai appris à le faire et je m'entretiens.

Elle fronça les sourcils mais devait admettre qu'il y avait du vrai dans ce qu'il disait. Elle ne l'avait pas envisagé, mais c'était clairement pour lui un sujet sensible.

— Je suis désolée, je n'y avais vraiment pas pensé, s'excusa sincèrement Honey.

— Bien sûr que non, tu n'y avais pas pensé parce qu'il est trop facile pour quelqu'un comme toi de rabaisser les compétences d'un autre et ça évite d'avoir à développer les siennes. Tout le monde est pareil, dit-il dédaigneusement.

Honey entendit un drôle de bruit qui semblait venir du couloir.

Il leva immédiatement la main et la pointa du doigt

avant de lui faire signe de rester silencieuse. Il sortit un pistolet qu'il avait à la ceinture et le braqua sur elle alors qu'il rampait jusqu'à la porte. Déglutissant péniblement, Honey attendit, cherchant un endroit où se cacher, en vain. Elle aurait pu se laisser tomber d'un côté du lit ou de l'autre mais, en quelques enjambées, il l'aurait retrouvée et aurait braqué de nouveau son arme sur elle. Elle attendit, mais rien ne vint de la porte. Il se retourna et la regarda, elle haussa les épaules sans dire un mot.

Son kidnappeur était trop nerveux. La façon qu'il avait de brandir son pistolet l'inquiétait plus qu'autre chose. Honey attendait toujours et il ne bougea pas. Au bout d'un moment, un autre bruit fort se fit entendre. Elle poussa un petit cri et se recroquevilla sur elle-même.

Il regarda le balcon puis lui fit signe de s'y rendre immédiatement. Elle manqua de tomber du lit dans sa précipitation. Et une fois à l'extérieur, elle se figea. Laszlo était sur le balcon voisin. Il leva un doigt et elle pointa du doigt derrière elle. Il hocha la tête et elle n'était pas certaine de ce qu'elle devait faire. L'homme armé et masqué arriva à l'instant même où Laszlo atterrissait sur son balcon. Elle entendit deux coups de feu mais Laszlo la fit se coucher pour qu'elle ne soit pas dans la ligne de tir et il frappa de plein fouet le kidnappeur. Ils luttèrent jusqu'à ce que Laszlo réussisse à lui arracher son pistolet des mains qui tomba sur le balcon. Honey le récupéra et se releva. C'était inutile d'essayer de l'utiliser pour stopper l'homme-singe parce qu'il n'y avait pas assez d'espace pour manœuvrer. Elle aurait pu blesser la mauvaise personne. Quelqu'un d'autre entra dans la chambre depuis le couloir et Honey était persuadée qu'il s'agirait d'Erick mais, au lieu de ça, c'était l'un des gros bras du coffee shop.

— Stop ! cria Honey en brandissant le pistolet.

Il la regarda, rit et d'un coup de sa grande main fit tomber le pistolet des siennes et de l'autre la claqua avec une telle force qu'elle s'effondra à nouveau sur le sol, sentant l'obscurité s'installer. Elle pouvait entendre Laszlo jurer et elle savait que la fin ne serait pas celle qu'elle ou Laszlo avaient espérée. Il y avait aussi d'autres voix : peut-être que la cavalerie était enfin arrivée, pensa Honey. Mais ce fut sa dernière pensée avant de sombrer dans l'obscurité complète.

ERICK TRAVERSA LA chambre au pas de charge en direction du balcon mais s'arrêta juste avant. Laszlo venait de décocher un coup de poing à l'homme masqué qui, juste après, sauta sur le balcon voisin. Cade luttait avec un autre homme au visage découvert à l'intérieur de la chambre et avait l'air d'avoir le dessus. Erick pivota sur lui-même, cherchant l'intrus mais il avait déjà disparu. Encore une fois.

Jurant, il se précipita dans le couloir et descendit en quatrième vitesse les escaliers jusqu'au lobby puis se dépêcha de sortir, cherchant l'homme qui descendait le mur. Mais aucun signe de lui. Il laissa échapper un flot de jurons sonores et observa le mur et les balcons attentivement, se demandant s'il y avait quelque chose dans la conception qui permettait de faire quelque chose de ce genre. Ce qui était clairement le cas, facilitant donc les entrées par effraction et qui était tout à fait idiot.

Mais aucun signe de l'homme armé. Il voulait pouvoir mettre la main sur le connard qui s'en était pris à Honey et qui lui avait foutue la trouille. Tremblant de colère, il remonta les escaliers au pas de charge et entra dans la chambre de Laszlo. Le gros bras gisait sur le sol, inconscient, et Honey était blottie contre la tête de lit. Lorsqu'Erick entra, elle sauta du lit et arriva en courant. Il ouvrit ses bras juste à temps alors qu'elle se jetait de tout son poids contre lui. Il la serra contre lui.

— Ça va aller, ça va aller maintenant, murmura-t-il contre ses cheveux.

Elle tremblait si violemment qu'il savait qu'elle ne l'entendait pas. Honey était en état de choc, il la prit dans ses bras et l'installa sur le lit, s'asseyant à ses côtés. Cade récupéra une couverture qu'il lui jeta et dont il se servit pour lui couvrir maladroitement les épaules. Il resta assis là un long moment jusqu'à ce qu'elle se soit calmée. Jetant un œil à Laszlo, il désigna l'homme qui gisait sur le sol.

— Est-ce qu'on sait qui c'est ?

— Un des trois hommes qui m'ont prise dans la ruelle et, j'imagine, l'un des hommes au coffee shop.

Erick acquiesça.

— C'est peut-être le troisième homme mais je n'en suis pas certain… fit-il en laissant la fin de sa phrase en suspens.

C'était bien là le problème. Parce que parfois, on croyait avoir assommé quelqu'un pour de bon, mais avec de grands gaillards pareils, on ne pouvait pas être certain de les avoir mis au tapis pour de bon, Laszlo étant lui-même un colosse.

— Est-ce qu'il a des papiers d'identité ? demanda Erick.

— Peu importe s'il en a ou pas, on sait très bien qui il est. Mason a pu nous renseigner avec les photos qu'on lui a envoyées, c'est un mercenaire voyou venu d'Afrique. Tesla a aussi testé l'enregistrement et aucune surprise dans la traduction. Il n'a rien sur lui, fit Laszlo après avoir fouillé ses poches.

À ce moment-là, Honey releva la tête et demanda à Laszlo s'il était toujours vivant ou s'il l'avait tué. Ce à quoi Laszlo répondit qu'il était toujours en vie. Elle hocha la tête et enfouit son visage contre le torse d'Erick qui la tint contre lui en lui frottant le dos et les épaules.

— Est-ce que tu peux nous raconter ce qui s'est passé ?

Elle releva la tête et regarda tour à tour les trois hommes avant de hausser les épaules.

— C'est de ma faute.

— Pas question de savoir de qui c'est la faute, dis-nous seulement ce qui s'est passé.

Elle expliqua comment, parce qu'elle n'avait pas la clé de la chambre de Laszlo, elle avait bloqué la porte avec une chaise pour pouvoir aller chercher son ordinateur et revenir et comment il l'avait attendu à son retour puis elle leur raconta la conversation qu'elle avait eue avec lui.

— Quoi ? Il savait que nous étions dans ce camion ? demanda Laszlo.

Elle acquiesça.

— Et il savait que c'était Talon qui conduisait, il connaissait son prénom, et qu'il a roulé sur une mine antichar.

— Et cette cache d'armes ?

— Oui, c'est ce qu'il a dit et son patron veut que vous arrêtiez de poser des questions, confirma-t-elle.

— Parce qu'il ne veut pas que notre enquête nous fasse trouver son arsenal ?

— De ce que j'ai compris, oui. Et ce n'est pas nécessairement la personne qui a posé la mine. Monkeyman a dit que les hommes de son boss s'assuraient que tout était en sécurité mais que le boss lui-même ignorait tout de la mine, qu'il avait laissé carte blanche à ses hommes pour installer toutes les protections qu'ils jugeaient nécessaires. Et que vous n'auriez jamais dû conduire là où vous vous trouviez.

Les hommes se dévisagèrent, assimilant l'information.

Erick était stupéfait.

— Je n'aurais jamais envisagé que quelqu'un d'autre puisse être impliqué.

— Mais c'est assez logique quand on prend en compte les dernières attaques en date.

— Et comment savent-ils qu'on a posé des questions ? s'enquit Cade qui se tenait sur le pas de la porte.

— Notre fournisseur. Je n'ai pas eu le temps d'écouter l'enregistrement du mouchard qu'on y a laissé mais je suis prêt à parier qu'il a dit à ce gars qu'on était en train de fourrer le nez dans le coin. Ça change la donne, fit Erick avec aplomb.

— Vraiment ? Est-ce que ça change vraiment quelque chose ? demanda Honey.

Il l'observa, repoussant les cheveux qui retombaient sur son front et sa joue rougie. Le connard l'avait frappée si fort qu'une contusion ne manquerait pas de se former. Elle avait l'air d'avoir passé quelques mauvais jours et d'être vraiment au bout du rouleau. Le séminaire s'était mal terminé.

— Oui, ça change quelque chose, mais pas grand-chose… admit Erick.

Elle hocha la tête.

— J'espère vraiment que je n'aurais pas à rester seule dans ma chambre. Il y a bien trop de risques qu'ils reviennent et la dernière chose dont j'ai envie, c'est bien de les revoir.

— Monkeyman a l'air d'être particulièrement doué pour disparaître et ça ne me dérangerait pas d'avoir un tête à tête avec lui. Mais le problème, c'est que les quelques fois où je l'ai rencontré, il a fait son foutu numéro sur les balcons, dit Laszlo.

— Il est très habile, je ne peux pas dire que j'ai déjà vu quelqu'un grimper les murs d'un hôtel comme il le fait, dit Honey.

— Oui, il est très doué pour ce qu'il fait.

— Il s'est vexé quand j'ai suggéré qu'il était un mercenaire.

Les hommes se retournèrent pour la regarder.

— Sérieusement ? s'étonna Erick en la jaugeant.

— J'ai oublié de vous le dire, oui. Il a même dit qu'il y avait des gars comme ça mais que ce n'était pas son genre, confirma-t-elle.

Les hommes échangèrent des regards perplexes.

— Alors quoi ? L'intrus a un employeur ? Fait-il partie d'une autre armée ? D'une milice ? Est-il agent de sécurité ? demanda Laszlo.

— Il n'a rien dit mais, en tous cas, il n'avait rien de sympa à dire sur les mercenaires.

— Toujours est-il que ça n'avait pas l'air de le déranger de te retenir en otage, pas vrai ?

Honey hocha la tête.

— Il n'a aucun respect pour les femmes. Pour lui, nous sommes toutes des blondes idiotes, quelle que soit notre couleur de cheveux, et j'ai la nette impression que ça ne l'aurait pas dérangé de me torturer ou de me tuer si ça lui avait permis d'obtenir des réponses de vous. J'avais peur qu'il me batte, s'il avait réussi à vous capturer pour vous faire parler.

Erick sentit son estomac se nouer parce qu'évidemment c'est ce qu'aurait fait Monkeyman et c'était bien la dernière chose que méritait Honey.

— Il s'est aussi moqué de moi en disant que je ne comprenais pas votre travail et que je me fichais de vous et que je ne respectais pas ce que vous faisiez.

— Intéressant. Il avait un accent particulier ?

— Je ne m'y connais pas bien en accent, mais j'aurais très certainement dit américain. Ça ne m'a pas paru britannique ou écossais ou même asiatique ou quelque chose de ce genre-là. Ça aurait pu être canadien mais ils ont tout de même un accent.

— Alors ça pourrait être l'un des nôtres qui a quitté l'armée et qui maintenant travaille pour quelqu'un d'autre.

— Il faudra qu'on enquête de ce côté-là mais ça prendra du temps. Je suis désolé pour ton ordinateur, fit Laszlo.

Erick regarda l'ordinateur qu'il avait récupéré et posé sur le lit.

— On pourra sûrement prendre le disque dur pour que tu puisses récupérer ce dont tu as besoin.

Avec un regard pour la machine, elle hocha la tête.

— J'en serais contente mais dans tous les cas, il faudra que je rachète un nouvel ordinateur. Le plus compliqué sera de réinstaller tous les logiciels parce que j'utilise pas mal de logiciels spécialisés pour le travail et tout récupérer ne sera vraiment pas facile.

Erick comprit.

— Je pourrais te donner un coup de main, tu n'auras qu'à acheter un nouvel ordinateur et je devrais pouvoir transférer toutes les données, fit Cade.

— Tant que le disque dur n'est pas endommagé, ajouta Talon en entrant, il tenait un plateau en carton couvert de tasses de café.

— Oh quelle bonne idée, merci ! le remercia Honey lorsqu'il lui tendit une tasse. Elle changea de position dans les bras d'Erick qui la laissa se réinstaller avant de refermer ses bras pour qu'elle puisse rester sur ses genoux. Deux cafés posés sur la table de chevet à côté d'eux, Erick mit au courant Talon de la situation.

— Ce gars doit avoir neuf vies mais qu'est-ce qu'on fait de lui ? demanda Talon en coudoyant le gros bras qui gisait toujours sur le sol.

— Je n'en suis pas certain. Ça ne m'aurait pas dérangé qu'il soit conscient une heure ou deux pour que l'on puisse lui poser des questions, dit Erick qui sentit Honey frissonner dans ses bras.

Il eut pour elle un sourire rassurant et lui promit qu'il ne le tuerait pas. Elle s'adossa contre son torse et leva la tête.

— Et qu'est-ce qui se passe s'il se fait la malle et s'en re-prend à vous ?

Erick eut l'air offusqué.

— Eh, c'est uniquement parce qu'il n'y avait pas beau-coup de place sur le balcon que ça a duré aussi longtemps, lui rappela-t-il.

Elle leva les yeux au ciel.

— Je ne remets pas en question votre capacité à vous battre, à vous sortir du pétrin ou à me garder en sécurité mais j'ai peur qu'il se réveille et qu'il nous attire des ennuis. Il n'est même pas attaché.

— Non, il n'est pas attaché mais il ne va pas non plus tenter de se faire la malle. Au cas où tu ne l'aurais pas remarqué, il y a quelqu'un entre lui et chaque issue, sourit Erick.

Honey regarda la pièce et se rendit compte qu'ils étaient effectivement stratégiquement placés, ce qu'elle n'avait pas envisagé, au vu de leurs postures ordinaires.

— Je veux seulement rentrer chez moi et que tout ça soit derrière nous, soupira-t-elle.

Erick acquiesça.

— Bientôt, je te le promets, bientôt.

CHAPITRE 10

PRATIQUEMENT UNE HEURE plus tard, Honey se glissait sous les couvertures et tirait l'oreiller de façon à l'installer dans le creux de son cou.

— Es-tu certain que tu arriveras à dormir cette nuit ? demanda-t-elle à Erick qui était allongé à côté d'elle sur les draps.

— Ça ira, ne t'inquiète pas pour moi.

— Bien sûr que je vais m'inquiéter pour toi, fit-elle avec exaspération et en donnant un coup de poing dans l'oreiller, je ne sais même pas ce qui se passe ici mais on dirait bien que depuis la première fois que je t'ai vu ici, je n'ai fait que ça, m'inquiéter pour toi. Qui aurait cru qu'un séminaire d'odontologie puisse être aussi intéressant ?

— Content de t'offrir de quoi te divertir mais je crois que je suis supposé être là pour veiller sur toi, rit-il.

— Je ne crois pas que ce soit de l'ordre de la supposition. Tu t'inquiètes pour moi et je m'inquiète pour toi, dit Honey en haussant les épaules.

— Alors ça veut dire qu'on est ensemble ? demanda-t-il avec intérêt.

— Comment le pourrait-on ? Depuis notre première rencontre, ça n'a été que danger et bêtises.

— Mais je ne t'ai jamais oubliée.

— Uniquement parce que j'ai percuté ta sublime voiture !

— Alors maintenant elle est sublime ? Je croyais t'avoir entendu dire « stupide bagnole » à l'époque…

Elle grimaça mais finit par rire.

— Je suis surprise de ne pas avoir dit pire.

Il sourit largement, se pencha et l'embrassa.

— Maintenant, allons dormir, dit-il.

— Vraiment ? Tu viens juste de m'embrasser et tu me dis d'aller dormir. J'ai quel âge ? Deux ans ?

Cette fois-ci, il pencha la tête et l'embrassa pour de bon, elle posa ses mains sur sa nuque et le rapprocha d'elle. Elle n'était pas certaine de savoir ce qui se passait mais l'étincelle qu'il avait fait crépiter en elle n'avait rien de comparable à ce qu'elle avait déjà vécu. C'était jouissif, les sensations l'envahissaient de toutes parts.

Lorsqu'il releva finalement la tête, Honey était à bout de souffle.

— Toi quand t'embrasses, c'est du costaud !

— Et dis-toi que ce n'était qu'un baiser, répondit-il avec un sourire dément.

Elle eut un rire sarcastique et leva les yeux au ciel mais sourit en caressant les joues d'Erick un moment.

— Est-ce que ça veut dire que tu voudrais qu'on se revoie quand on sera de retour à la maison ? s'enquit Honey.

— Absolument, mais certainement pas dans ton fauteuil de dentiste, insista-t-il.

— Compris, rit-elle.

— Et bien sûr que j'ai envie de te voir, sourit-il, mais ce soir on monte tous la garde parce que si Monkeyman est rentré aussi facilement et qu'il arrive à s'échapper par les balcons, tu sais qu'il pourra rentrer ici aisément alors je ne dormirai pas.

Elle fit la moue alors que, lui, regarda sa montre.

— Il est déjà deux heures, ne t'inquiète pas, un des gars va bientôt venir me remplacer.

— D'accord, mais moi je vais essayer de profiter des quatre heures pour dormir un peu.

— Oui mais quand tu te réveilles, ne panique pas si c'est un autre gars qui est assis là.

— Les autres gars n'auront pas besoin d'être installés sur mon lit, ils pourront s'asseoir sur la chaise, marmonna-t-elle.

Il rit et pressa son épaule.

— Ok, il n'y a que moi qui dormirai dans ton lit, message reçu !

— En voilà de l'insolence !

Erick lui claqua les fesses avec douceur.

— Ça, c'est de l'insolence.

Elle s'allongea sur le dos et saisit sa main.

— On reprendra cette conversation quand on sera davantage en sécurité, de retour chez nous, demain soir, dit Erick.

— Qui t'a invité ? demanda Honey.

— Je me suis invité, on ne te laissera pas seule tant que tu ne seras pas en sécurité.

— J'espère que tu plaisantes… bien sûr que dès que l'on sera sur le territoire américain, on sera en sécurité, fit-elle en s'asseyant et en le dévisageant.

— Eh bien, on espère. Mais il faudra un jour ou deux pour qu'on puisse savoir.

— Non, tu décides immédiatement si je suis parfaitement en sécurité quand je rentre à la maison. Tu es le bienvenu chez moi mais je ne veux pas être sous surveillance parce que tu crois que ça va nous suivre jusqu'aux États-Unis.

— Je ne sais pas si la menace nous suivra mais nous devons nous préparer à toute éventualité. Nous reprendrons cette conversation demain. Dans l'immédiat, nous avons tous les deux besoin de dormir, fit-il en tapotant le lit.

Lorsque Honey se réveilla le lendemain matin, elle s'assit et repoussa ses cheveux. Elle remarqua que Laszlo était confortablement assis sur la chaise toute proche et elle le salua d'un geste de la main sans un mot. Groggy, nauséeuse, la bouche sèche et pâteuse, elle se dirigea vers la salle de bain, passa aux toilettes, se brossa les dents attentivement et se lava le visage.

Honey se regarda dans le miroir, se demandant ce qu'il était advenu de sa vie bien organisée. Elle avait eu l'intention de passer du temps avec les personnes qu'elle avait rencontrées au séminaire. David avait été très attentionné, s'assurant qu'elle soit toujours incluse dans les activités de groupe au séminaire comme en dehors, mais elle n'avait jamais tout à fait compris ce qu'il y avait derrière son attitude aussi amicale. Il semblait toujours attendre quelque chose d'elle, il y avait quelque chose dans sa façon de faire… Sa journée supplémentaire sur place devait lui permettre de réseauter mais elle n'avait pas eu le temps, dans cette situation chaotique. Elle n'avait pas non plus résolu la question du prix avec David et seulement d'y penser l'emplit d'effroi. Elle aurait dû résoudre cela dès le début. À présent, ce serait une source de malaise et comment allait-elle lui demander son devis à présent que le séminaire était terminé ? Elle payerait ce qu'il lui dirait de payer, quelle que soit la somme finale.

Toujours était-il que David avait toujours été un véritable gentleman. Et honnête. Elle avait vraiment apprécié qu'il lui propose la dernière place disponible. Elle avait passé un moment fabuleux, si on omettait le chaos qui était venu s'ajouter. Un sacré gâchis, mais elle était là et n'aurait-elle pas dû faire plus ?

Et pourtant, elle ne voulait pas réseauter davantage. Tout ce qu'elle voulait, c'était rentrer à la maison, dans sa petite bulle tranquille. Elle était navrée de ce qui était arrivé à Erick mais ce n'était pas son monde. David avait déjà fait plusieurs tentatives musclées pour passer du temps avec elle mais ses ardeurs avaient été légèrement refroidies quand il l'avait vu aussi souvent au téléphone. Comme s'il s'était aperçu qu'elle n'était pas disponible. Et puis, ce n'était pas qu'elle était prise, mais David ne l'intéressait pas particulièrement au-delà d'une relation purement amicale. À dire vrai, elle se consumait complètement pour Erick.

Alors qu'Honey rejoignait son lit, Laszlo restait assis et il releva la tête en souriant.

— Tu te sens mieux ?

— Oh que non !

Il rit.

— Je vois ça.

Elle le fusilla du regard.

— Ce dont j'ai vraiment besoin maintenant, c'est un café et de quoi manger, admit-elle et elle récupéra son téléphone qui venait de vibrer.

— C'est David, il veut m'inviter à un petit-déjeuner d'adieux. Et puis, il faut aussi que l'on discute lui et moi. Il m'a dit hier qu'on devait se retrouver ce matin mais, dans la panique, j'ai oublié.

— Alors il va falloir que tu t'habilles. Je t'attendrai à l'extérieur puis je t'emmènerai au restaurant, dit Laszlo d'une voix douce après s'être levé.

Elle acquiesça et, sans réfléchir, elle passait déjà en revue ses vêtements. Dès que la porte se referma, elle les enfila, tressa rapidement ses cheveux, coinça la tresse de façon à ne pas être dérangée et répondit rapidement à David : « Oui, j'arrive dans cinq minutes », avant de ranger son téléphone et de refermer sa valise. Elle allait rentrer chez elle.

Elle n'avait pas besoin de libérer sa chambre avant dix heures alors elle ne prit que son sac à main. Pas qu'elle ait grand-chose non plus. Comme elle n'était venue que pour quelques jours, elle n'avait pris qu'une valise cabine. Son ordinateur portable était dans un sale état mais elle savait que Cade avait l'intention de travailler dessus avec les gars, cependant avait-il eu l'occasion de le faire ? Elle ne vit nulle part son ordinateur et soupira pesamment en rangeant le reste de ses affaires dans son sac à main, puis laissant sa valise dans sa chambre, elle sortit dans le couloir et Laszlo l'escorta jusqu'au coffee shop. Il ne pipa mot mais resta à ses côtés.

— Tu déjeunes avec moi aussi ? lui demanda Honey.

Il fit signe que non.

— Nope, fit-il joyeusement, je vais me prendre un café et m'asseoir à une autre table.

— Je te remercie, acquiesça-t-elle.

— Et puis, c'est qui ce gars ? demanda Laszlo.

— C'est lui qui m'a contactée pour me dire qu'il y avait une place disponible à la dernière minute. Honnêtement, il s'est passé tant de choses que j'ai eu du mal à me concentrer sur le séminaire. J'ai juste envie de rentrer, admit Honey.

— Est-ce qu'il est dangereux ?

Elle se retourna, surprise.

— J'imagine qu'à cause de ce que vous faites, vous suspectez tout le monde, mais je ne dirais pas qu'il est dangereux, fit-elle à mi-voix.

Laszlo ne répondit pas. Honey fut un peu agacée par ce qu'il suggérait puis elle se souvint de là où ils se trouvaient et de ce qu'ils avaient déjà endurés. David n'avait pas été la seule personne avec qui elle avait passé du temps ici mais il était probablement la personne avec laquelle elle en avait passé le plus.

Au coffee shop, Laszlo s'installa à une autre table et commanda un café d'un mouvement de la main. Elle admirait la maîtrise qu'il avait de sa main sacrément brûlée. Il semblait toujours la cacher des regards ou la couvrir d'un gant, mais cela semblait plus pour le confort des autres que pour le sien.

Au contraire, Honey était le genre de personne qui attendait qu'on lui dise où s'asseoir, qui attendait qu'on lui demande ce qu'elle voulait prendre. Erick se comportait de la même façon que Laszlo. Ils dominaient n'importe quel endroit et leur présence était assez massive pour que les gens gravitent naturellement autour d'eux. Elle ne savait pas comment ils faisaient lorsqu'ils tentaient d'agir discrètement mais elle se dit qu'ils pouvaient aussi facilement choisir de s'effacer ou d'être visibles de tous.

Elle aperçut David qui se tenait devant une table et lui faisait signe. Honey le rejoignit avec un large sourire. Il la serra brièvement dans ses bras, l'embrassa sur la joue et lui fit signe de s'asseoir. Ses démonstrations physiques d'affection l'étonnaient toujours. Elle s'assit et posa son sac à main sur la chaise à côté d'elle et lui sourit.

— C'est une bonne idée. Je suis désolée, j'ai eu de gros problèmes personnels durant le séminaire et je n'ai pas vraiment pu me concentrer.

— J'ai eu l'impression que tu étais à cent pour cent avec nous le premier jour mais qu'ensuite tu t'es très rapidement déconcentrée.

— Ça s'est autant remarqué que ça ? demanda-t-elle en

grimaçant.

— Ce n'est pas bien grave, j'aurais espéré te faire rester quelques jours de plus, rit David qui leva la main comme s'il connaissait déjà sa réponse et ajouta un « Laisse-moi d'abord t'expliquer ».

Au même moment, la serveuse arriva. Honey resta immobile, le dévisageant, et se demanda dans quel guêpier elle venait de se fourrer. Ou alors elle s'imaginait des choses à force de voir des types dangereux un peu partout ? Peut-être que c'était vraiment une bonne idée. Parce que David avait un sacré carnet d'adresses et qu'il pouvait lui permettre de propulser sa carrière. Si c'était ce dont elle avait envie... et si c'était tout ce dont il avait envie.

Lorsque la serveuse lui demanda ce qu'elle allait prendre, elle se rendit compte qu'elle avait besoin d'énergie pour la longue journée qui l'attendait alors elle commanda un café et une omelette accompagnée de pain grillé. Une fois la serveuse partie, David hocha la tête, approbateur.

— J'aime voir une femme qui mange !

Elle le gratifia d'un petit sourire mais elle avait de plus en plus de mal à faire semblant.

— Je suis affamée et j'ai un long voyage qui m'attend.

— Je me doute, mais pour en revenir à ce que je disais... répondit David qui jeta un coup d'œil à la pièce et, lorsqu'elle fit mine de l'interrompre, il secoua la tête et leva les mains, lui disant d'attendre au moins qu'il lui ait dit ce qu'il avait à lui dire.

Elle fit la moue et se rassit, se sentant d'un coup désagréablement nauséeuse. Un frisson lui parcourut l'échine. Instinctivement, Honey voulait l'empêcher de poursuivre. Elle prit son café et jaugea l'homme qu'elle connaissait à peine.

— J'ai beaucoup apprécié ce que j'ai appris à ce séminaire, dit-elle en toute honnêteté.

— Bien sûr, c'est l'une des raisons pour lesquelles tu as été invitée.

— Vous faites des choses fascinantes, j'ai vraiment été touchée d'avoir eu l'opportunité de venir mais l'appel m'a surpris. Tu connais bien d'autres dentistes à travers le monde alors pourquoi ai-je eu cette place ?

— Certainement parce que je te connais mieux que beaucoup d'autres dentistes, nous échangeons depuis au moins deux ans. Je t'ai trouvé charmante à l'époque et je n'ai pas changé d'avis. Alors bien sûr, quand il y a eu l'opportunité, j'ai immédiatement pensé à toi, et puis je n'ai entendu que du bien de toi.

Elle fronça les sourcils, ses doigts jouant sur le bord de sa tasse de café.

— Venant de qui ? s'enquit Honey.

Il mentionna plusieurs de ses collègues à l'université.

— Ah oui, je donnais des cours à la faculté d'odontologie, répondit-elle.

— Mais pour quelqu'un d'aussi jeune, ça veut dire qu'ils savent reconnaître les personnes qui ont du talent.

— J'ai simplement eu la chance d'avoir quelques patients en vue, mais il n'empêche que je suis seulement une dentiste. Alors qu'ici vous utilisez des technologies de pointe, c'est fascinant.

David hocha la tête.

— Je dois admettre que depuis notre première rencontre, je me suis posé des questions.

Sa réflexion porta un nouveau coup à Honey qui tentait de garder un ton taquin et léger mais, intérieurement, ne se sentait pas bien du tout. Elle n'était pas très douée pour ce genre de conversation.

— Alors c'est pour ça que tu es resté en contact avec moi ? Il t'en aura fallu du temps pour déclarer ta flamme, commenta-t-elle, plaisant à moitié.

— Eh bien, ça te prouve que je suis plus un homme qu'un dentiste, pas vrai ? rit-il.

Son regard était pénétrant et il y avait quelque chose dans son regard qui la mettait mal à l'aise. Et ça avait beaucoup à voir avec ce fugitif regard possessif qu'il avait eu. Elle déglutit péniblement. S'était-elle imaginé ça ? Ou bien quelque chose n'allait pas du tout ? Et pourquoi maintenant ?

— Ce sont de vieilles photos sur le site de l'université, c'est une bonne chose qu'on se soit aussi rencontrés en personne sinon tu ne m'aurais pas reconnue.

— J'ai vu quelques photos plus récentes, fit-il à mi-voix.

— De quoi tu parles ? demanda-t-elle en fronçant les sourcils.

— Tu étais impliquée dans un accident de voiture, je crois.

Elle le dévisagea un moment puis reposa lentement sa tasse de café sur sa sous-tasse, son cœur battant la chamade. Mais qu'est-ce que l'accident venait faire dans cette histoire ?

— Oui, il y a un an de ça, pas un moment dont je voudrais particulièrement me souvenir, dit-il en se forçant à rire.

— Tu n'as pas été blessée, pas vrai ?

Elle acquiesça, ne sachant pas quoi dire d'autre. Où voulait-il en venir ? Qu'il parle de l'accident n'était pas une bonne chose parce que c'était une preuve d'un lien entre Erick et elle que personne n'aurait dû connaître.

— Je m'en suis sortie indemne, ce n'était pas un accident très grave et ce n'était pas à un moment très réjouissant dans mon existence alors si ça ne te dérange pas, je préférerais mieux ne pas en parler.

Il sourit très largement.

— Bien sûr ! Et tu n'étais pas responsable de l'accident, n'est-ce pas ?

Pour ne pas en parler… Honey reprit de l'ardeur en se disant que Laszlo n'était pas loin. Encore quelques minutes et elle allait pouvoir partir.

— Non, je n'en étais pas responsable, c'était un accident. Je n'étais pas en état d'ivresse ni sous emprise de drogue, j'avais mon permis sur moi et je n'avais rien à cacher, éclaircit-elle.

Puis, après avoir jaugé David un moment, elle lui demanda où il voulait en venir.

Il lui fit un large sourire innocent.

— Nulle part, évidemment, mais une connaissance m'a parlé du véhicule de l'autre personne impliquée dans l'accident.

Et ce fut un second coup dans l'estomac. Il était véritablement question d'Erick. Elle fronça les sourcils.

— Très bien, c'était un jeune homme qui conduisait une voiture qui comptait beaucoup pour lui.

— Et pourtant, c'est la même personne que tu fréquentes ici, pas vrai ? N'est-ce pas le même Erick que celui avec qui tu passes tout ton temps au téléphone ? Je suis désolé, mais c'était un peu difficile de ne pas voir son nom quand tu étais au téléphone et, clairement, tu étais fâchée, s'excusa-t-il.

Honey se tendit.

— Je croyais que tu m'avais invitée à prendre un café, pas à passer un interrogatoire sur un accident que j'ai eu il y a un an de ça.

Il rit mais son regard était inflexible.

— Je voulais t'inviter à venir chez moi pendant quelques jours, que tu décales ton vol et que tu visites vraiment la région.

— Pourquoi parler de mon accident alors ? demanda-t-elle parce qu'elle ne comprenait vraiment pas pourquoi il était passé par de pareils détours.

— Oh, mais ça c'est parce qu'un de mes amis veut contacter l'autre personne impliquée dans l'accident.

— Alors pourquoi est-ce que tu passes par moi ? Si tu as un exemplaire du procès-verbal de l'accident, tu sais comment le contacter.

— Il ne répond pas à l'invitation de mon ami. Nous nous sommes dit que nous devions avoir le mauvais numéro. Je t'ai invité au séminaire dans l'idée que tu pourrais en profiter et, je dois l'admettre, parce que j'espérais aussi que tu accepterais de passer quelques jours avec moi. Toutefois, je te laisse imaginer à quel point j'ai été surpris quand j'ai vu ici, avec nous, à Kaboul, l'homme qui avait été impliqué dans l'accident, c'était vraiment un sacré coup de chance, dit-il impassible en observant Honey par-dessus le bord de sa tasse de café.

— C'est une coïncidence !

Il secoua lentement la tête.

— Est-ce que des choses pareilles existent ? Toujours est-il que c'est le moment parfait pour moi.

La serveuse arriva avec leur commande et elle regarda l'omelette qui lui paraissait à présent énorme.

— Je ne suis pas certaine que je vais réussir à manger tout ça, admit-elle. Tandis que David observait son assiette devant lui, elle jeta un coup d'œil à la dérobée derrière elle, cherchant Laszlo. Mais elle ne le vit nulle part. Elle aurait préféré le savoir dans les parages.

— Ton ami est toujours dans le coin et les miens aussi, fit David en plantant d'un coup son regard dans le sien.

Elle écarquilla les yeux et sa respiration se fit plus laborieuse. Mais qu'est-ce qu'il voulait dire ? Honey parcourut la pièce du regard mais la panique commençait à l'envahir. Elle se pencha vers lui.

— Est-ce que tu veux dire que tu m'as invitée à déjeuner ici dans le but d'extorquer des informations à mon ami ?

— Bien sûr que non, j'aurais espéré que tu me dises où il était pour que mon ami puisse discuter avec lui mais si ça te donne l'impression de lui être déloyale… fit-il en fronçant les sourcils.

Honey découpa son omelette et mangea une première bouchée qui aurait dû être délicieuse mais à laquelle elle trouva un goût de sciure. Elle l'avala péniblement et but une gorgée d'eau.

— Je te donnerai son numéro, tu pourras essayer de le contacter. Ai-je été invitée à ce séminaire uniquement à cause de lui ? demanda-t-elle, avec un peu plus d'assurance, maintenant qu'elle avait eu un moment pour se rasséréner mais elle voulait tout de même vraiment savoir où se trouvait Laszlo à présent.

— Bien sûr que non, chaque dentiste a ses mérites. Que tu aies eu un accident avec ce jeune homme que mon ami essaye de contacter est une tout autre affaire, lui dit David qui se pencha et posa sa main sur celle d'Honey qui se figea et retira lentement sa main.

— Et qu'est-ce que lui veut, ton ami ?

— Je ne sais pas du tout, j'imagine qu'il veut seulement lui poser quelques questions, sourit David.

— Alors voilà le bon numéro, fit-elle en sortant joyeusement son téléphone.

Elle passa en revue les derniers textos qu'elle avait reçus, puis lut le numéro pour que David puisse l'ajouter à ses contacts.

Elle ne savait pas si Erick risquait d'être sérieusement fâché mais, dans une telle situation, elle ne savait pas comment elle aurait pu s'en tirer sans lui donner le numéro.

David reposa son téléphone et se saisit de sa tasse de café dont il but une gorgée puis la leva de façon à pouvoir observer Honey par-dessus le bord de la tasse. Il la jaugea un long moment tandis qu'elle continuait de manger son omelette. Elle eut l'étrange impression qu'elle aurait besoin de courir d'un moment à l'autre. Et il faudrait avoir l'énergie nécessaire. Sa réaction était-elle excessive ? Et puis, qu'est-ce que c'était que cette histoire de passer quelques jours avec lui ? Ça suffisait à la mettre passablement mal à l'aise. Et elle n'était pas intéressée, il n'avait pas à lui parler d'Erick.

— Je veux que tu contactes ton ami pour lui dire d'aller retrouver le mien, dit David.

Elle acquiesça avec bonhomie.

— Excellent !

— Je peux le faire, mais pourquoi moi ?

Il reposa sa tasse.

— Pourquoi toi ? Pour qu'il comprenne où tu te tiens dans cette situation. Il faut qu'il retrouve mon ami à cette adresse… commença-t-il.

Puis il lui donna une adresse qu'elle ne reconnut pas, qu'elle n'avait pas idée de comment écrire et, après un regard pour sa montre, David ajouta que le rendez-vous aurait lieu dans une heure.

Elle l'observa un certain temps.

— Mais je ne suis pas certaine qu'Erick vienne.

Il acquiesça.

— J'avais bien peur que tu me dises ça, dit-il.

Au même moment, son téléphone sonna. Il décrocha et pianota sur quelques touches.

— Peut-être que ça lui donnera envie de venir, fit-il en lui tendant son téléphone.

C'était une photo de Laszlo attaché à une chaise et encadré par deux hommes qu'elle reconnut comme ceux qui s'en étaient pris à elle au coffee shop. Elle déglutit péniblement et fusilla David du regard.

— Qu'est-ce que tu fais ? À quoi tu joues ?

— Dans mon cas, je suis forcé de retourner une faveur alors si tu fais ce qu'il faut de ton côté, peut-être qu'on arrivera à passer entre les gouttes toi et moi, fit-il en haussant les épaules.

— Alors ce n'est pas ton ami ? dit Honey à mi-voix.

— Disons simplement que si je veux rester dans ses petits papiers, il faut que ton ami se pointe au rendez-vous.

— Et ton invitation à passer quelques jours avec toi ? Tu aimes vivre à Kaboul ? demanda-t-elle en jetant sa serviette de table.

— Kaboul, c'est chez moi. Mais souvent, pour pouvoir travailler ici, il faut en payer le prix. Tu es dans un côté de la guerre ou de l'autre et j'ai choisi le côté du peuple, mais il y a des règles à suivre pour pouvoir vivre et travailler ici. Et ça ne me pose pas de problème, parce que j'y gagne quelque chose dont j'ai envie. Toi. Alors si tu veux revoir le jeune homme avec qui tu es entrée, tu as intérêt à dire à ton ami de retrouver le mien dans une heure, expliqua-t-il avec dureté et un sourire prédateur, et, si tu es très gentille, tu survivras. Ce que j'espère vraiment parce que dans notre accord, tu me seras remise quand tout sera fini, puis on pourra en reparler avec une bouteille de vin et ta… comment puis-je dire, ta coopération dans mon lit. Très bien, maintenant, je vais t'envoyer une image. Prends le temps de bien regarder ton ami et de prendre la bonne décision pour nous tous.

Honey tenta de trouver quoi lui répondre mais c'était si incroyable et impassiblement difficile. Si difficile qu'elle avait du mal à comprendre ce qu'il venait de dire. Elle se saisit de son téléphone alors que David venait de lui envoyer la photo de Laszlo.

— Il faut que tu me donnes à nouveau l'adresse, fit-elle et, tandis qu'il l'épelait, elle la recopiait dans son message avant d'envoyer la photo à Erick accompagné d'un autre message qui disait qu'elle était elle aussi dans le pétrin puis elle demanda si Laszlo se trouvait au même endroit.

— Oh, ma chère, je ne fais peut-être pas ça à plein temps mais je ne suis pas bête et je n'irais pas divulguer des secrets trop tôt, gloussa David.

— Je suis désolée que tu sois impliqué mais c'est vraiment une coïncidence qu'Erick soit là, je n'ai rien à voir avec ce qu'il fait, expliqua-t-elle à mi-voix.

Un sourire sournois fendit le visage de son interlocuteur qui ne releva pas.

— Dans ce cas, on risque de seulement devoir augmenter les enjeux pour être certains que ton ami obéisse. J'espère vraiment que tu survivras.

Plus inquiète et mal à l'aise, il fallait qu'elle parte rapidement. Elle se leva et au même moment, deux armoires à glace se matérialisèrent à ses côtés, posant les mains sur ses épaules et la forçant à se rasseoir.

— Et maintenant quoi ? interrogea-t-elle David.

— Eh bien, tu vas rejoindre Laszlo, ce qui voudra dire qu'Erick aura deux fois plus de raisons de venir au rendez-vous.

— Il viendra de toute façon, il est là pour recueillir des informations. Je ne sais pas sur quoi mais en lui disant que tu avais quelque chose pour lui, il aurait été là immédiatement.

— Eh bien, maintenant, nous avons quelque chose pour lui, toi et son ami. Et quand nous aurons fini tout ça, nous passerons quelques jours ensemble, juste toi et moi, fit-il avec un sourire glaçant.

Ce sourire qui lui fit remarquer qu'il dissimulait si bien sa véritable nature qu'elle n'avait rien vu venir.

ERICK REGARDA LE message d'Honey sans le lire, puis la photo. Puis il revint au message.

— Un nouveau joueur vient d'entrer sur le terrain, dit-il à l'intention de Cade qui ne comprit pas immédiatement et demanda de qui il s'agissait.

— David, du séminaire. Il veut que je me pointe seul à cette adresse si je veux revoir Laszlo vivant.

Les trois hommes se regardèrent et Talon s'avança.

— Ils ont Laszlo ?

— On dirait bien.

Erick regarda attentivement la photo : Laszlo était solidement attaché à une chaise et était encadré par deux armoires à glace. Il tendit le téléphone à ses équipiers qui se le firent passer, étudiant la façon dont était assis Laszlo, la position de sa tête qui retombait sur son torse laissait supposer qu'il était inconscient.

— Comment ils ont fait ça ? À la fléchette hypodermique ?

— Nous savons qu'il y a plus d'une façon d'assommer

quelqu'un, même aussi bien. Mais ça, c'est du boulot de pro.

Au même moment, il reçut un troisième texto qui l'informait qu'Honey était aussi dans le pétrin.

— Merde, jura-t-il dans sa barbe.

— Ils ont aussi pris Honey en otage ?

— Apparemment, elle va rejoindre Laszlo. Selon ses kidnappeurs, ce sera la dernière communication. Il faut que l'on trouve où c'est et il faut que l'on arrive sur place avant eux, fit Erick qui jura au fur et à mesure qu'il lisait le message.

Rapidement, il saisit l'adresse sur l'ordinateur et il lui fallut quelques minutes pour trouver la bonne orthographe ; peut-être était-ce à cause de l'inquiétude mais Honey avait fait quelques erreurs. Une fois qu'ils eurent la bonne adresse, ils la trouvèrent pratiquement immédiatement.

— À en croire la carte, il nous faudrait une dizaine de minutes pour arriver sur place.

— C'est à quel endroit ? demanda Cade.

— Un genre d'entrepôt, un bâtiment commercial…

— Assez logique, acquiescèrent-ils tous.

— À quelle heure est le vol cet après-midi ?

— À seize heures !

— On doit être à l'aéroport sur le coup de quatorze heures pour les vols internationaux et il est à présent huit heures et demie, fit Erick après avoir vérifié l'heure sur son téléphone.

— Ça nous donne un peu moins de six heures pour arriver à l'aéroport.

— On peut le faire, si tout se passe comme prévu, dit Cade.

— Il faut qu'on loue un véhicule, puisqu'on a rendu les armes et la Jeep hier. Laissez-moi m'en occuper, on aura une extension d'un jour, fit Talon à mi-voix puis il se leva et disparut rapidement.

Cade et Erick s'assirent et devisèrent un plan d'action. Ce n'était pas chouette que Laszlo se soit fait prendre, il allait manquer à leurs effectifs. Il était facile de trouver des renforts dans une région comme celle-ci mais Erick voulait avoir affaire à des hommes fiables et ça, c'était une autre affaire.

— Il faut qu'on en sache plus sur ce type, David. Honey n'a pas donné d'autres noms… mais elle allait déjeuner avec lui ce matin.

— David comment ?

— C'est bien là le problème, on ne sait pas. Mais il était au séminaire.

Cade était déjà en train de faire des recherches.

— J'ai une liste des conférenciers. Il y a un certain David Aramean. Coordinateur principal, un dentiste qui vit et travaille ici. Tu le reconnais ? demanda Cade qui avait trouvé une photo qu'il montra à Erick qui acquiesça après l'avoir regardée.

— Oui, elle s'asseyait généralement à côté de lui.

Cade siffla.

— En d'autres termes, il la gardait à l'œil.

— Mais ils se connaissaient avant. Alors soit il l'a fait venir pour une autre raison ou bien il n'a rien à voir avec cette histoire.

— Difficile à dire, elle a bien dit qu'elle l'avait déjà rencontré mais je ne me souviens pas d'autre chose. Une histoire de place de dernière minute à ce séminaire mais ça n'explique pas qu'il te connaisse. À part le procès-verbal de votre accident. Parce que toute personne qui se sera renseignée sur elle pourra remonter jusqu'à toi. Tu as été vu plusieurs fois en sa compagnie. Sans parler du fait que si quelqu'un trace ses textos…

— C'est vrai, grimaça Erick, mais ça a commencé depuis qu'on est ici, on n'a jamais discuté auparavant.

— Uniquement au moment de l'accident mais c'est pas comme si vous vous fréquentiez. Alors l'inviter ici ne t'aurait pas fait venir.

— À moins qu'il ne soit dit que, s'ils la retenaient en otage, je serais plus coopératif, se demanda lentement Erick qui essayait de comprendre.

— Peut-être qu'ils ont vu ça ? demanda Cade qui retourna son ordinateur pour qu'Erick puisse voir son écran. Devant eux, une photo de Honey et Kat ensemble. Cade en fit ainsi défiler au moins cinq. Erick siffla.

— Après ce qui s'est passé en Angleterre, quand Kat et Badger ont été vus ensemble, peut-être que c'est là qu'on m'a ajouté à l'équation ? Sans parler de toi et Talon, et de Laszlo bien sûr. S'ils ont lu le rapport d'accident, ce serait un lien. Infime, mais un lien tout de même, et s'ils pouvaient s'arranger pour qu'Honey soit présente sur place…

— Quand a-t-elle été invitée au séminaire ? Tu crois que tout était un coup monté ? demanda Cade.

— Je ne sais pas du tout. Elle m'a dit qu'on l'a appelé en lui disant qu'il y avait eu un désistement à la dernière minute mais ça me gêne de me dire qu'on ne l'a invitée que pour ça. Selon Kat, Honey est une sacrée bonne dentiste et elle tenait à assister à ce séminaire depuis un bon bout de temps. Du moins, c'est ce qu'elle m'a dit la dernière fois qu'on en a parlé. Il est possible qu'Honey ait été invitée pour ses capacités personnelles ou pour une tout autre raison.

— Peut-être, mais elle est jeune et c'est de la recherche très avancée sur les cellules souches. Difficile de savoir pourquoi elle a été invitée, s'il y a un critère spécifique pour se rendre à ce genre de séminaire.

Erick acquiesça mais était terrifié intérieurement que le lien ténu entre eux ait suffi à ce qu'ils la fassent venir ici. Puis il secoua la tête pour s'éclaircir les idées.

— Tu sais, je pense pas que ça soit seulement parce qu'elle et moi on se connaît, mais sûrement pour un lien avec le reste du groupe. Peut-être que n'importe quel lien suffirait. Parce que s'ils n'ont pas pu faire venir Kat, ils se sont rabattus sur Honey.

— Talon et moi on va se documenter pour en savoir plus, suggéra Cade.

— Mais que ça implique à présent Badger et Kat n'est pas négligeable, je vais l'appeler.

— Laisse-moi m'en occuper, il te faudra les plans du bâtiment pour réfléchir à ta sortie et il faut qu'on sache où poster les hommes en renfort. On ne pourra pas compter sur Laszlo s'il est inconscient et on peut espérer qu'Honey soit consciente, mais il y a de grandes chances qu'on ait à les porter tous les deux.

— On a besoin de renfort, acquiesça Erick.

— On n'a pas le temps pour ça, tout le monde est bien trop loin et on est quatre sur place, on s'était dit que ça suffirait, dit Cade en composant le numéro de Badger.

Erick jura dans sa barbe et se creusa la tête pour trouver un plan. Au même moment, son téléphone sonna. C'était Mason. Il décrocha.

— Mais qu'est-ce que tu fais debout à cette heure-ci ?

— Badger m'a dit que vous étiez dans le pétrin.

Erick jeta un coup d'œil à Cade qui était à présent au téléphone avec Badger.

— Oui. C'est rapide. Même pour vous les gars.

— Kat m'a envoyé un texto et j'imagine que Badger est au téléphone avec Cade.

— Oui, Honey a été kidnappée et ils ont aussi Laszlo. J'ai reçu une photo de lui attaché à ce qui ressemble à un entrepôt. Je dois les retrouver dans… quarante-cinq minutes, dit Erick après avoir vérifié l'heure.

— Écoute, je peux t'avoir quelques hommes, seulement je ne sais pas exactement quand… jura Mason.

— Il ne faut pas seulement qu'ils soient rapides, mais aussi qu'ils soient des nôtres et il faut qu'ils aillent à cette adresse, dit Erick qui transmit l'adresse en question à Mason. Il faut qu'ils sachent qui est avec nous et qui est contre nous. Je vais t'envoyer la photo de David, c'est le gars qui organisait le séminaire auquel Honey participait. Elle l'a retrouvé pour déjeuner et c'est après que tout est parti en cacahuète. Nous avons aussi des photos des gars qui ont embusqué Laszlo et les deux gros bras qui étaient dans le coffee shop avec Honey. Levi essaye de les identifier mais dans tous les cas, eux, on sait de quel côté ils sont…

— Je vous recontacte à dix heures, dit Mason avant de raccrocher.

Dix minutes plus tard, ce n'était pas Mason mais Levi. Erick sourit.

— Levi, c'est toi ?

— Mason vient de m'appeler. Il se trouve que j'ai deux hommes à moi dans votre coin. L'un est à Kaboul et l'autre en périphérie.

— Où exactement en périphérie ?

— Il est pour l'instant à bord d'un hélicoptère qui doit se poser à l'aéroport, je peux le faire atterrir ailleurs si je sais quand tu auras besoin de lui. Est-ce que tu as l'adresse ? demanda Levi.

Erick confirma.

— Le premier homme est déjà en route.

— Qui est-ce ?

— Brandon, il passe beaucoup de temps avec Kasha chez Bullard.

Erick siffla.

— Ok, je ne suis pas certain de connaître Kasha mais je prends les deux.

— Kasha n'arrivera pas là à temps, elle est à la propriété africaine de Bullard mais Brandon est en ville pour une escale et il a été mis au courant. Je t'envoie sa photo, il a la tienne. Mon autre homme, Merk, arrive dès que possible. Tout le monde va se retrouver à l'entrepôt. Est-ce que tu as un plan des lieux ?

— Je te dirai le peu que je sais et je t'envoie les plans et les photos. C'est Laszlo et Honey qui sont retenus en otage, dit Erick en expliquant ce qu'il avait trouvé.

— Je connais Honey, c'est une amie de Kat. Stone en a parlé, il les connaît toutes les deux, fit Levi.

— Le monde est petit, sourit Erick, mais je dois y aller maintenant.

Il raccrocha et s'adressa à Cade qui était au téléphone.

— Levi vient d'appeler. Brandon est déjà à Kaboul et Merk arrive, il n'est pas bien loin et peut être rapidement sur place. Brandon nous retrouve à l'entrepôt et j'envoie les photos et les plans du bâtiment. Alors, on a un homme en renfort et un autre en route qui arrivera probablement après coup ou au milieu de la pagaille, informa-t-il Cade tout en pianotant sur son téléphone.

— Merk est un bon gars, j'ai été dans son équipe il y a un moment de ça puis je suis retournée dans l'Est.

Erick hocha la tête.

— Je n'ai jamais travaillé avec eux mais si Levi ou Mason considèrent qu'ils sont de bons gars, c'est la meilleure référence possible. Mais ce que je veux vraiment savoir, c'est qui est cet ami que je suis supposé rencontrer ?

— Et comment te connaît-il ?

Au même moment, la porte s'ouvrit et Talon entra. Erick se souvenait à peine de l'avoir vu sortir au moment où son téléphone avait sonné.

— Brandon vient juste de m'appeler, il est apparemment en route pour l'entrepôt.

— C'est bon de travailler avec des pros !

— J'ai déjà travaillé avec Brandon, je ne connais pas Merk mais il arrive lui aussi, sourit Talon.

— Cade a travaillé avec Merk ! Alors ce sera un peu la réunion des anciens élèves, hein…

— Ce n'est pas bien bon. On s'est dit qu'on pouvait venir, poser quelques questions et repartir, mais qu'est-ce qui a déclenché tout ça ?

Erick enleva son jean et enfila un pantalon de camouflage équipé de poches et de holsters qu'il remplit, glissant son couteau dans sa gaine et mis sa petite arme de poing dans le holster à sa cheville. Il les avait mis dans son sac de voyage mais ç'avait été la première chose qu'il avait sortie. Il avait hâte d'avoir une prothèse avec holster inclus et en parlerait à Kat dès que tout cela serait derrière eux. Se redressant, il enfila un t-shirt qu'il ne rentra pas dans son pantalon, ainsi qu'un gilet multipoches.

— Honnêtement, je crois que c'est notre fournisseur d'armes.

Les hommes se regardèrent avant d'acquiescer.

— Ce serait logique, il y a de grandes chances que ça soit lui qui nous ait envoyé l'avertissement, dit Cade.

— Il ferait n'importe quoi tant qu'il est bien payé pour le faire, nous le savons bien, nous avons déjà profité de ça à plusieurs reprises, fit remarquer Talon.

Une fois prêts, ils jetèrent un dernier coup d'œil à la chambre d'hôtel et partirent.

— Allons-y, je préférerais être là en avance, on a quelques repérages à faire et je détesterai rentrer à l'aveuglette là-dedans. On a besoin de renseignements visuels avant d'entrer, dit Erick en prenant des photos des plans du bâtiment qu'il envoya à ses équipiers.

— On ne sait pas non plus exactement où ils seront, c'est un grand bâtiment et il faut que l'on s'assure de pouvoir entrer et sortir, de préférence sans être vus.

— Pas seulement sans être vus, il faut qu'on récupère les otages, les kidnappeurs et David, le connard qui a des vues sur Honey…

— J'ai parlé de David à la réception, je leur ai dit que je voulais lui parler pour savoir s'il comptait organiser un nouveau séminaire. Selon eux, il a déjà rendu sa clé, dit Talon.

— Je pense qu'il aurait bien besoin d'un interrogatoire, de préférence pas par l'armée afghane mais plutôt par quelqu'un de notre équipe. Les questions auxquelles nous voulons des réponses n'intéresseront pas l'armée, continua Erick.

— On s'est mis dans un foutu pétrin mais il est temps d'y remédier, fit Talon en sortant dans le couloir.

— Tout ce qu'on aime, sourit largement Erick.

CHAPITRE 11

Honey repoussa les mèches humides qui tombaient sur son front. Dans l'obscurité, elle était terrifiée, se faisant du souci pour Laszlo qui n'avait pas émis un bruit depuis qu'on l'avait jetée sans ménagement dans la même pièce que lui. Il était étrange qu'on l'ait laissée libre de ses mouvements alors que lui était enchaîné. Elle était allée le voir pour essayer de trouver comment défaire ce qui lui entravait les coudes mais il s'avérait qu'il s'agissait de chaînes retenues par un cadenas. Lorsque Honey jeta un œil à ses pieds, il était aussi enchaîné. Elle aurait pu essayer de forcer les cadenas mais n'avait aucun outil à disposition.

Elle savait que quelqu'un comme Erick aurait pu crocheter ce qui semblait être un cadenas standard en un rien de temps mais, en règle générale, elle ne se servait pas de crochets dans ce but-là. La pièce était dépourvue de fenêtre et personne n'était venu ou ne lui avait adressé la parole depuis le moment où on l'avait installée dans cette pièce froide et poussiéreuse.

Elle retourna vers Laszlo, lui massant délicatement les épaules.

— Laszlo, est-ce que tu m'entends ?

Un souffle laborieux lui échappa et il leva lentement la tête puis cligna des yeux à plusieurs reprises. Honey s'accroupit devant lui.

— Est-ce que ça va ? demanda-t-elle.

Il grimaça et essaya de bouger les bras. Honey pressa ses épaules.

— Nous sommes tous les deux prisonniers, ils t'ont enchaîné, je ne le suis pas mais je ne sais pas comment te libérer, murmura-t-elle.

Il la dévisagea longuement.

— Regarde dans mes poches, tu devrais y trouver un crochet, lui dit-il.

— Si je devais m'occuper de nettoyer tes dents, je saurais quoi en faire mais là, je n'en ai pas la moindre idée, fit-elle sur un ton ironique.

— Oui, mais il faut que tu essayes, sourit-il.

Elle hocha la tête, Laszlo avait raison.

— Dans ma poche arrière, il y a un kit.

Seulement Laszlo était assis dessus. Il essaya de se lever autant que possible pour lui permettre de glisser sa main dans sa poche et elle réussit à attraper le petit boîtier en plastique qu'elle ouvrit devant lui. Laszlo lui dit de prendre l'outil du milieu qui ressemblait beaucoup à un cure-dent avec une extrémité plate.

— Qu'est-ce que je dois en faire ? demanda Honey après avoir étudié attentivement l'objet.

— Ouvre le cadenas, fit-il sèchement.

Elle fronça les sourcils sans comprendre, mais Laszlo expliqua ce qu'elle allait devoir faire.

— Il y a des goupilles à l'intérieur, essaye de pousser sur la gauche, il faut que ça soit au bon angle et à la bonne profondeur, si tu peux y arriver, ça va ouvrir le cadenas. Pense à ça comme une clé que tu insères dans une serrure. Tu vas devoir inverser le mécanisme de façon à ce que les mêmes goupilles soient sollicitées mais sans la clé.

Honey comprenait la théorie et, accroupie derrière Laszlo, tâtonna avec le cadenas, mais après trois minutes d'efforts frustrants, rien ne se passa.

— Je ne vais pas y arriver, protesta-t-elle.

— Continue d'essayer, tu n'y arriveras jamais si tu t'énerves. C'est le genre de choses qu'il faut faire lentement et soigneusement et, quand tu l'auras fait une première fois, ce sera beaucoup plus facile ensuite.

— J'en doute, fit-elle sur un ton cassant mais elle continua d'essayer.

Et, au bout d'un moment, elle finit par buter sur quelque chose.

— Je sens une résistance et j'ai l'impression que ça va céder mais je n'ai pas assez de force pour ça, informa Honey.

— C'est parce que ce n'est pas une question de force, bouge doucement le crochet. N'abandonne pas, vas-y très doucement en gardant la pression dessus et d'un coup, ça va céder.

Au lieu de ça, l'outil glissa sur le côté. Elle se rassit en grognant, souffla pour repousser les mèches de cheveux qui étaient retombées sur son visage et recommença encore une fois. Lorsqu'elle entendit du bruit à l'extérieur, elle se figea.

— Ne panique pas, c'est le pire que tu puisses faire. Reste calme et concentrée, fit Laszlo à mi-voix.

Alors Honey recommença. Elle arriva finalement, dans une autre position, au même point de pression que précédemment mais, d'un mouvement de la main différent, elle réussit à continuer d'appliquer la pression, tournant, tournant et clic le cadenas s'ouvrit.

— J'ai réussi, siffla-t-elle.

Laszlo rit tout en s'extirpant des chaînes et lui demanda de lui passer le pique. Elle le lui tendit et en moins de cinq secondes il s'était libéré des entraves qu'il avait aux pieds. Il se redressa, s'étira et agita les jambes de façon à faire revenir sa circulation.

— C'est mieux comme ça !

— Eh bien, comme je suis ravie de te voir sur pieds plutôt qu'attaché ! Qu'est-ce qu'on est supposés faire à présent ?

— Oh ne t'inquiète pas, ils viendront bientôt nous trouver.

— Tu es sûr que tu en as envie ? demanda-t-elle, horrifiée.

Elle récupéra une chaîne et en entoura ses poignets, utilisant aussi efficacement sa main endommagée que sa main valide. Il tint la chaîne tendue en écartant les mains d'une trentaine de centimètres.

— Oh ça oui, dit-il.

En l'observant, Honey se rendit compte à quel point il était ravi de ne plus être prisonnier et de pouvoir reprendre en main son destin. Quoiqu'il advienne, il voulait pouvoir rendre coup pour coup et se battre contre les hommes qui l'avaient pris en traître. Elle tendit la main et la posa sur son poing crispé.

— Ce n'est pas de ta faute, tu sais…

Il se retourna et la dévisagea, inflexible.

— Ce n'est peut-être pas de ma faute, mais ils m'ont pris en traître et ça, je ne le permettrai pas !

— Qu'est-ce qu'il s'est passé ? demanda-t-elle.

— Au moment où je suis sorti du restaurant, on m'a jeté quelque chose sur le visage, un chiffon imbibé de chloroforme je pense, et on m'a assommé ensuite. Avant que je puisse faire quoi que ce soit, ils m'ont tiré jusqu'à une porte latérale puis j'ai fini par m'évanouir. Quand je me suis réveillé, j'étais là.

— Je t'ai cherché au restaurant mais impossible de te trouver… acquiesça Honey.

— Mais qu'est-ce qui t'est arrivée ? Je croyais que tu déjeunais avec ton ami…

Elle fit la moue et dit que le terme ne devait plus être employé pour parler de David puis elle résuma brièvement leur conversation.

— J'imagine que je donne une raison supplémentaire à Erick de se montrer et de rencontrer l'« ami » de David. Ensuite, je serai une marchandise ordinaire au bon plaisir de David. En ce moment, je voudrais bien qu'il soit devant moi sans ses gros bras que je puisse lui filer un coup de pied dans les bijoux de famille, ajouta-t-elle avec dégoût.

— Tu as prévenu Erick ? demanda Laszlo.

— Je n'ai pas eu le choix alors je lui ai dit pour toi, et pour le rendez-vous ici. Par contre, je lui ai rien dit des intentions de David, je ne voulais pas que ça le perturbe mais je l'ai bien prévenu que c'était un piège, confirma-t-elle.

— Très bien, ils vont s'en occuper, fit Laszlo avec satisfaction.

— Tu ne comprends pas… ils nous ont pris en otage toi et moi pour qu'Erick file droit.

— Je ne m'inquiète pas pour Erick dans ce genre de situation, c'est un très bon stratège. En un rien de temps il aura remédié à la situation et tout ira bien. Mais je voudrais bien savoir où l'on est. Tu as vu quelque chose quand ils t'ont amenée ici ? commenta Laszlo en observant la pièce.

— Ils m'ont bandé les yeux quand on était dans leur véhicule, je nous ai seulement vu quitter l'hôtel et monter dans un gros SUV noir.

— Il fallait s'y attendre j'imagine, et peut-être que c'est mieux comme ça. Parce que si tu étais au courant de tout, ça aurait pu vouloir dire qu'ils n'auraient pas voulu te garder en vie, dit-il en hochant la tête.

— Vraiment ? demanda Honey en déglutissant péniblement.

— Si tu ne sais pas tout, tu n'es pas une menace pour eux.

Elle préférait que ce soit comme ça mais c'était un petit peu effrayant d'entendre dire ça en termes aussi manichéens.

— Eh bien, j'espère fichtrement que quelqu'un a des réponses parce que ce mec a des questions et je ne peux pas croire que David savait pour l'accident avec Erick.

Laszlo se retourna d'un coup et la dévisagea.

— Il savait ?

Honey hocha la tête.

— Je ne sais pas pourquoi. Je veux dire, bien sûr, j'ai percuté son véhicule mais c'était un accident mineur. On a rempli des constats alors nos assurances sont au courant mais en dehors de ça, je ne vois pas pourquoi quelqu'un d'autre s'en soucierait.

— Est-ce que tu es rentrée en contact avec Erick depuis l'accident ? finit par demander Laszlo.

— Non. Je l'ai revu pour la première fois dans le lobby de l'hôtel. À ce moment-là, j'ai cru que c'était une coïncidence si lui aussi était là. Et quand j'ai dit ça à David, il m'a dit qu'il n'y avait pas de coïncidences dans la vie. Mais après tout, je ne sais pas si je peux le croire en sachant qu'il m'avait dans son viseur dès le début, dit-elle en haussant les épaules.

— Ceci étant dit, la plupart des militaires pensent la même chose, acquiesça Laszlo en faisant les cent pas dans la petite pièce et jouant continuellement avec la chaîne qu'il avait entre les mains.

— À moins que ça ait quelque chose à voir avec Kat

parce qu'il m'a montré une photo d'elle et moi ensemble.

Laszlo se retourna lentement.

— Tu connais bien Kat ?

Elle sourit et hocha la tête.

— C'est une bonne amie, oui ! Depuis des années. On a fait des choses ensemble, on a participé à des séminaires, on fait aussi du bénévolat ensemble mais ce n'est pas grand-chose.

— Si ce n'est qu'à présent Kat fréquente Badger et quiconque qui suit ses déplacements a su qu'elle est allée en Angleterre avec lui récemment. Et son travail fait qu'elle compte beaucoup pour nous tous…

— David n'a pas du tout parlé d'eux et j'espère bien qu'il ne leur fera pas de mal !

— Est-ce que tu as toujours ton téléphone ?

— Non, ils l'ont pris, regretta Honey.

— Quelqu'un aura sûrement dit à Badger de garder un œil sur Kat ! rassura Laszlo. Mais tu es liée à Kat et Kat est liée au reste de l'équipe. Et tu es là. Alors ça veut dire que quelqu'un avance ses pièces sur l'échiquier. Mais la question, ça reste de savoir ce qu'il veut.

— J'aimerais bien que quelqu'un me le dise… Parce que David m'a complètement prise de court ce matin, dit-elle en faisant rageusement les cent pas.

— Tu n'es pas du genre à te regarder dans un miroir, pas vrai ? gloussa Laszlo.

Elle le regarda sans comprendre immédiatement.

— Mais de quoi tu parles ?

Honey se sentit rougir.

— Je ne suis pas laide mais j'ai rien d'une mannequin à vous couper le souffle. Je ne suis certainement pas le genre de femme qui vaut la peine de prendre des risques inconsidérés seulement pour pouvoir passer quelques jours avec moi. Et crois-moi, il n'y avait rien d'agréable dans sa proposition, reprit-elle.

— Peut être que non, mais tu es certainement le genre de femme qui fait regarder un homme à deux fois.

— C'est toi qui le dis… commenta-t-elle en levant les yeux au ciel.

— Avant tout ça, il se comportait comment David ?

— Il était amical et professionnel à la fois. Je l'ai rencontré il y a quelques années à New York et il m'a dit qu'il m'avait déjà dans le viseur à l'époque. On a échangé entre temps sur beaucoup de sujets mais principalement sur les recherches sur les cellules souches. J'ai parlé de Kat parce que les recherches dans le domaine pourraient lui être utiles avec ses patients. Il y a des tas d'opportunités professionnelles, des études de cas, auxquelles je pourrais participer et ce serait vraiment palpitant. C'est pour ça que je suis venue ici, parce qu'il se passe des choses incroyables, dit-elle avec tant d'enthousiasme que Laszlo rit encore une fois et Honey haussa les épaules. Honnêtement, ça fait des années que j'essaye d'aller à un séminaire en Suisse ou en Angleterre mais j'ai toujours été refusée. Alors quand David m'a dit qu'il restait une place pour ce séminaire, je ne me suis pas posé de questions. On a beaucoup échangé, lui et moi, et il m'a demandé si quelqu'un, Kat peut-être, pouvait venir avec moi. Je lui ai dit que c'était impossible que quelqu'un m'accompagne avec un si court délai pour les informer. Et, oui, je crois bien qu'il m'aurait ramenée directement chez lui s'il n'y avait pas eu cette question d'ami…

— Il était malin, tu ne t'es jamais douté de rien avant ce matin, pas vrai ? fit Laszlo à mi-voix.

— Non et je ne peux pas dire que je me sente mieux en

sachant. Je me sens… salie, je sais que ce n'est pas une façon très adulte de considérer ça mais rien que l'idée me fout les jetons…

— Tu as pu profiter du séminaire au moins ?

— Oh que oui ! C'était vraiment à l'avant-garde de tout ce que je pourrais faire alors c'est pratiquement inutile, et pourtant personne ne s'est demandé pourquoi j'étais là et personne ne m'a laissé entendre que je n'avais pas ma place ici ni que je n'avais pas l'expérience ni les connaissances, l'utilité, nécessaires à ma présence. Mais j'ai trouvé ce séminaire vraiment très formateur et je me disais que David était seulement un collège très amical.

— Alors pourquoi aurait-il mis tout ça en péril en s'impliquant dans ce bordel ?

— Il m'a dit que c'était à cause d'un ami, donc il ferait tout ce que lui dirait de faire cet ami s'il voulait continuer de pouvoir travailler à Kaboul.

— Ah ! C'est logique alors. Parce que son ami le fait sûrement chanter. Et puis après il t'a toi, fit Laszlo et Honey hocha la tête.

— Au restaurant, il m'a mis mal à l'aise alors j'ai essayé de te voir pour essayer de me sortir de ce guêpier, mais tu étais déjà parti.

— Je suis désolé. J'ai reçu plusieurs textos et appels, je suis sorti à cause de ça, pour téléphoner. J'étais dans l'entrée et je pouvais garder un œil sur toi, mais c'est à ce moment-là qu'ils m'ont fait disparaître, pesta-t-il à voix basse.

— Oui… mais ce n'est pas grave. On est là et maintenant, ce qu'il faut, c'est savoir comment on s'échappe d'ici.

— Tu veux essayer la porte ? Regarder si c'est fermé à clé ?

— Ils ne vont pas remarquer ?

— Pas si tu tournes très très lentement la poignée et, si c'est fermé à clé, la poignée arrêtera de tourner très rapidement.

Honey se posta devant la porte, agrippa fermement la poignée qu'elle fit tourner lentement. En vain.

— C'est fermé, chuchota-t-elle.

— Je m'y attendais, dit Laszlo.

Au même moment, ils entendirent un bruit de pas qui se rapprochaient. Elle s'éloigna rapidement de la porte, terrifiée et Laszlo lui fit signe de rester silencieuse. Il réinstalla sa chaise et se remit dans la même position que celle qu'il avait à l'arrivée d'Honey, si ce n'était que cette fois, c'est lui qui retenait la chaîne et non plus la chaîne qui le retenait.

— Je ne crois pas que ça trompera qui que ce soit, tu avais l'air inconscient tout à l'heure, fit-elle le plus doucement possible.

Il acquiesça et sourit.

— Ne t'inquiète pas, dès qu'ils entreront, je serai à l'identique.

La porte s'ouvrit et un homme entra. Il regarda Honey et aboya un ordre qui la fit reculer puis regarda Laszlo et ricana. Une fois arrivé devant lui, il le gifla.

Honey regarda la porte ouverte, s'attendant à voir quelqu'un d'autre, mais il était seul. Dans le court laps de temps où elle avait détourné le regard, Laszlo avait bondi et avait passé autour du cou de l'homme la chaîne qu'il serra fort, l'étranglant. Et il la tint serrée jusqu'à ce que l'homme finisse par tomber à genoux évanoui.

Ou mort.

Elle dévisage Laszlo, horrifiée, alors qu'il tirait l'homme derrière la porte.

— C'était lui ou moi, fit-il avec un large sourire féroce.

ERICK SE RAPPROCHA avec précaution. Il était à quelques rues de l'entrepôt mais n'avait pas l'intention d'aller plus loin en voiture. Ses hommes étaient déployés de façon à venir de tous les côtés. Il s'était garé puis avait descendu la rue l'air de rien, sachant pertinemment qu'il était observé mais il ne savait pas par qui avec certitude, même si Brandon était déjà à son poste, ce qui serait très utile. Dans ce genre de situation, un homme supplémentaire pouvait faire toute la différence.

Erick ne se souciait pas de lui-même mais était très inquiet pour Honey. Il était injuste qu'elle ait été prise au piège alors que ce qui se passait ne la concernait absolument pas. Mais au point de la kidnapper avec Laszlo… il allait faire payer ces connards. Elle ne méritait pas ça.

Après ce qu'il s'était passé en Angleterre, il s'était rendu compte que les choses avaient changé. Non seulement ils étaient dans le radar de quelqu'un mais ce quelqu'un faisait un sacré boulot pour les faire disparaître. Le faire venir pour lui poser des questions n'avait été qu'un prétexte. Ces gens-là avaient sûrement des questions, mais ce n'était sûrement pas pour ça qu'ils avaient voulu le voir. Ils auraient bien pu se contenter de téléphoner.

Ils avaient voulu une rencontre en personne, pas seulement des réponses.

Ils voulaient qu'ils arrêtent leur enquête. Et lui n'était pas près de s'arrêter. S'ils blessaient Honey, il n'aurait pas de répit tant que ces connards n'étaient pas six pieds sous terre et ils devaient s'en douter. On n'arrivait pas là où en était Erick sans avoir une certaine réputation. Tous en avaient une mais, dans son cas, c'était justifié.

Le bâtiment était juste devant lui, sombre et abandonné, les vitres du second étage brisées. Il vit du verre brisé sur le trottoir et se rendit compte que quelqu'un avait dû donner un coup dans la fenêtre pour pouvoir sortir un fusil à lunettes. Il aurait fait la même chose. C'est crucial de savoir contre quoi on se battait. Ce qui lui fit penser à ce que lui avait appris Badger, que l'enregistrement provenait de l'intérieur de leur véhicule avant qu'il ne saute. Est-ce que tout cela avait pu être orchestré par un membre de son équipe ? C'était une aberration d'envisager une chose pareille. Peut-être que celui qui les avait trahis avait à présent honte de ce qu'il avait fait ? Ou alors qu'il les suivait pour couvrir ses traces pour ne pas donner l'impression qu'il avait joué un rôle dans cette affaire ? Il n'y avait rien de très logique dans cette affaire mais, après avoir passé un certain temps dans la Marine, on se rendait rapidement compte que peu de choses en ce monde étaient bien logiques.

Les gens s'entretuaient pour des broutilles et, quand il s'agissait de plus gros enjeux, c'était la guerre. C'était atroce et il voulait sortir de tout ça. Trouver un métier où il pouvait utiliser ses compétences et vivre sa vie comme le faisait Honey. Après sa journée de boulot, revenir à la maison où les attendraient sa femme et ses enfants. Dans sa tête se matérialisa l'image d'une fillette avec des cheveux comme ceux d'Honey, avec le même sourire plein de vie et d'innocence.

Il secoua la tête pour s'éclaircir les idées. Il était bien trop tôt pour penser à ce genre de choses.

Du coin de l'œil, Erick vit un mouvement : c'était un homme qui venait de tourner au coin de la rue et qui s'éloignait. Pas l'un de ses hommes. Et c'était tout ce qui comptait pour lui. Si ce n'était pas un ami, cela faisait de lui un ennemi.

Dans ce jeu-là, il n'y avait pas d'innocent, ce qui serait malheureux pour les passants. Mais les deux camps se diraient que toute personne extérieure, autre que quelqu'un de leur camp, était une personne impliquée d'une façon ou d'une autre. Il n'avait jamais tué quelqu'un qui ne méritait pas de mourir ou qui n'avait pas braqué une arme sur lui. Et il avait horreur de se dire qu'à ce moment-là, c'était une éventualité. Mais sa préoccupation était de faire sortir Honey de là. Et rapidement.

Erick était à environ deux mètres de l'entrée et, plutôt que de se rapprocher davantage et d'entrer, il continua son chemin jusqu'à arriver au coin de la rue et essaya de repérer une seconde entrée. Il devait y avoir au moins une entrée à l'arrière s'ils suivaient les normes américaines en matière de construction. Mais les normes étrangères étaient souvent beaucoup plus souples et cela compliquait les missions de reconnaissance. Toujours était-il qu'avoir une entrée à l'arrière du bâtiment était plus logique à cause des livraisons.

L'espace à l'arrière du bâtiment était à peine assez conséquent pour accommoder le passage d'un camion de livraison et il n'y avait certainement pas de place pour deux véhicules. Un autre bâtiment était pratiquement accolé à l'entrepôt.

Il remonta la petite rue et chercha la porte arrière du bâtiment dont on lui avait donné l'adresse et la trouva à l'autre extrémité du bâtiment en question. Il y avait un cadenas à l'extérieur, ce qui faisait sens.

Il crocheta rapidement le cadenas pour qu'ils puissent avoir une porte de sortie utilisable depuis l'intérieur puis il revint sur ses pas et arriva devant le bâtiment. D'un pas léger et confiant, il parcourut les deux mètres qui le séparaient de l'entrée et ouvrit la porte principale. Il entra et, mains sur les hanches, regarda les alentours. Des taches sombres se détachaient là où on avait abandonné des meubles : une chaise, une étrange table et des étagères. Le sol était couvert d'une épaisse couche de poussière qui laissait à voir des empreintes de pas qu'Erick observa attentivement : toutes convergeaient vers le fond de la pièce à droite et se dirigeaient vers ce qui semblait être un couloir, qui devait probablement amener vers la porte qu'il avait localisée. Il devait se trouver dans ce qui avait dû être une boutique et au fond, il devait s'agir d'un bureau et un vaste entrepôt.

Honey devait être quelque part là-bas. Il était possible qu'elle soit au second étage mais, de là où il était, Erick ne vit aucun escalier. Il observa une nouvelle fois les empreintes de pas et cela confirma son hypothèse. Des empreintes plus petites, pratiquement un tiers plus réduites que celle de l'homme qu'il l'avait entraînée allaient directement au fond de l'entrepôt. Au moins, il savait où elle était. Délibérément, il se retourna et parcourut le vaste espace vide. Il s'assura de passer à chaque fois devant la fenêtre pour que son équipe puisse savoir où il était. Après avoir passé au peigne fin le devant du bâtiment et s'être assuré que rien d'autre n'était dissimulé et qu'il n'y avait pas d'autres portes ou d'escaliers qui permettent d'entrer ou sortir de la pièce, il suivit les traces qui le conduisirent à l'arrière du bâtiment.

Il savait que les kidnappeurs étaient au courant de sa présence plusieurs rues avant qu'il n'arrive sur place. Il les laisserait se demander ce qu'il faisait. Il fallait être très bête pour ne pas se renseigner sur le plan de niveau d'un lieu de rencontre quand on en avait l'occasion. Tout était raccord avec ce qu'il savait des plans du bâtiment. Erick choisit volontairement de ne pas être discret et se dirigea dans la même direction que les empreintes. Il ne vit ni n'entendit personne alors qu'il continuait d'avancer. Au bout de la pièce se trouvait un couloir qui ouvrait rapidement sur un autre couloir aux multiples portes fermées.

L'une des portes était entrebâillée. Il s'arrêta et tendit l'oreille. Il était évident qu'Honey serait derrière l'une d'elles mais qui se trouvait derrière les autres ? Erick se retourna, regarda les deux autres portes et remarqua que l'une d'elles avait eu ses gonds récemment huilés. Il sourit sans joie.

Il se rapprocha de la porte qui était presque ouverte et la poussa très légèrement. C'était une petite pièce qui avait en son centre une chaise, à présent renversée. Il continua de pousser la porte, puis il vit une chaussure. Il sourit et commença à claquer des doigts de sa main valide. Quelque chose de doux mais qu'il savait que Laszlo reconnaîtrait. Il était hors de question qu'Erick rentre dans la pièce pour se faire éclater la tête.

Instantanément, Laszlo sortit de derrière la porte et, après avoir jeté un coup d'œil, sourit largement. Erick lui fit signe de sortir et lui chuchota à l'oreille qu'au fond du couloir se trouvait une porte qui débouchait dans une ruelle. Puis il fit signe à Honey qui se tenait juste derrière Laszlo. Son visage rayonnait de joie et de soulagement. Un doigt contre sa bouche, Erick lui dit de rester silencieuse et elle acquiesça en se rapprochant. Il la serra contre lui d'un bras et, se tournant vers Laszlo, lui montra la porte aux gonds huilés. Laszlo regarda et acquiesça tandis qu'Erick entraînait Honey vers la porte arrière. Après un dernier regard pour Laszlo, il fit signe à Honey de sortir sans dire un mot.

Elle allait protester mais Erick la fit taire d'un regard dur. Il observa Laszlo alors qu'il tournait la poignée de la porte qu'il entrebâilla ensuite. Si une personne attendait là que quelqu'un s'échappe, ce serait le moment qu'ils choisiraient pour attaquer.

La porte fut ouverte d'un coup sec, Laszlo se mit en posture d'attaque. Puis il se figea sur place. Erick regarda et se rendit compte que c'était Brandon de l'autre côté de la porte. Hochant la tête en direction de Laszlo, ce dernier dirigea Honey vers Brandon et lui dit de la faire sortir de là.

Erick entendit un petit glapissement lorsque Brandon la récupéra et sortit du bâtiment. Laszlo rejoignit Erick et ils échangèrent un regard lourd de sens alors qu'ils allaient furtivement vers une autre porte. Entendant des éclats de voix derrière celle-ci, ils se rendirent compte qu'ils avaient besoin d'une diversion, quelque chose qui ferait sortir les hommes de la pièce. Il vit la porte ouverte de l'autre côté du couloir et la claqua bruyamment. Instantanément, on entendit un bruit de pas en plus des éclats de voix dans la pièce.

Les hommes sortirent en hâte et Laszlo mit le premier au tapis, Erick se chargea du deuxième mais, tandis qu'ils étaient en train d'assommer leurs adversaires, ils entendirent une voix calme et grave.

— Je ne ferais pas ça, les garçons.

Merde. Son adversaire déjà K.O., Erick recula et vit un homme qu'il n'avait jamais vu auparavant.

— Qu'est-ce que tu as à y gagner ?

— Je ne veux que discuter, fit l'autre homme à mi-voix.

— Alors tu kidnappes une femme innocente juste pour pouvoir discuter ? Mais qu'est-ce qui ne va pas chez toi ?

L'autre homme haussa les épaules.

— Ce n'était pas tout à fait prévu comme ça. David voulait quelque chose en retour : il voulait ta copine pour lui tout seul. Une partie de l'accord stipulait qu'on la ramènerait chez lui quand toute cette histoire serait terminée.

Erick haïssait déjà David pour ce qu'il avait fait mais

cette information supplémentaire manqua de le précipiter au bord du gouffre. Et peut-être que cela devait se voir sur son visage parce que le gars pointa sa mitrailleuse sur lui.

— Peu importe que ça te plaise ou non, nous avons quelques petites choses à mettre au point. Puis, si on arrive à se mettre d'accord, tu pourras sauver ta copine.

— Et c'est quoi ce genre d'accord ? demanda Erick en se redressant lentement. Il savait que Talon, probablement Merk et indubitablement Cade étaient dans les parages. Avec un peu de chance, Brandon aurait réussi à mettre Honey en sécurité. Ce qui était important quand personne ne savait où se trouvait David à présent. Erick devait faire confiance à Brandon et se concentrer sur sa mission du moment.

— Quelles sont tes questions ?

— Pourquoi êtes-vous là ? demanda l'homme.

Erick pencha la tête et le jaugea.

— Parce que nous croyons que quelqu'un nous a trahis et qu'à cause de cette personne, notre unité s'est fait exploser. Tu n'en saurais pas plus, non ? dit Erick et il remarqua l'air surpris de l'homme qui lui fit comprendre que cela n'avait rien à voir avec sa présence et celle de ses coéquipiers.

— Non, je n'en sais pas plus, fit l'homme en haussant les sourcils et faisant mine de réfléchir.

— Alors, pourquoi s'en prendre à nous ? s'enquit Erick alors que l'un comme l'autre se dévisageait.

— J'ai bien peur que vous ayez peut-être vu quelque chose que vous ne deviez pas voir, fit l'homme en douceur.

— Nous n'avons vu aucune cache d'armes, si c'est ce qui t'inquiète, si on doit en croire l'homme de main que tu as envoyé me chercher, fit remarquer Laszlo.

L'homme reporta son regard sur Laszlo.

— Quelle cache ?

Erick rit.

— Tout à fait. Ta cache d'armes ne nous intéresse pas du tout. Nous n'avons rien vu et nous n'en savons rien et, si ton homme n'avait pas ouvert sa grande gueule, nous n'en saurions rien. Nous essayons seulement de découvrir qui a posé cette mine antichar et à qui il obéissait.

Malgré lui, l'homme armé parut être intrigué.

— Intéressant. Vous croyez vraiment que c'est un gars dans votre camp ? Un militaire américain ?

— Oui, seulement on ne sait pas qui, acquiesça lentement Erick.

— Combien étiez-vous dans le véhicule à ce moment-là ?

— Huit, un de nos équipiers est mort, fit Laszlo.

— Un seul ? Avec une mine antichar ?

— Oui, je sais… on aurait dû tous y passer, acquiesça encore une fois Erick.

— C'est peut-être ça, la question que vous devriez vous poser.

— Pourquoi ?

— Parce qu'il semblerait que celui qui conduisait à ce moment-là s'est volontairement écarté de la route de façon à ce que personne ne soit trop grièvement blessé.

— Nous avons tous été très grièvement blessés, contra Erick.

L'homme les observa et porta une attention particulière à leurs bras et leurs jambes.

— On ne dirait pas comme ça…

— Deux ans d'opérations, de greffes, de kiné et il y aura des choses dont on ne se remettra jamais. Et une fois que l'on ne fait que suggérer la possibilité d'une trahison, tu sais ce que tu aurais envie de faire…

L'homme jaugea Erick un long moment et hocha la tête.

— Je buterais la vipère qui m'aurait infligé ça !

— Exactement, mais nous cherchons toujours à l'identifier.

L'homme armé hocha la tête une seconde fois.

— Mais le problème, c'est qu'il faut que je m'assure que vous n'ayez rien à voir avec moi.

— Pourquoi est-ce tu penses une chose pareille ?

— Parce que vous n'étiez pas loin de le découvrir, il y a quelques jours de ça ?

— Quand on est allés sur les lieux de l'accident ?

L'homme haussa les épaules.

— On vous a vu et vous étiez bien trop près à notre goût.

Qu'il leur fasse ces confidences ne valait rien de bon. Comment pouvait-il croire qu'ils ne retourneraient pas sur les lieux de l'accident pour trouver sa cache ?

— À moins que tu aies un rapport de près ou de loin avec la pose de la mine antichar, on n'en a rien à faire de ta cache. Il n'y a qu'une seule chose qui nous intéresse, nous venger, fit Laszlo sur un ton cassant.

— La revanche est un plat qui se mange froid mais, parfois, il vaut mieux ne pas essayer de se venger, fit l'homme avec une grande douceur.

Erick essayait de comprendre ce qui était en train de se passer.

— Alors tu n'es au courant de rien ? C'est toi qui as acheté la mine antichar ?

L'homme plissa les yeux et Erick se demanda s'il réfléchissait ou bien s'il s'agissait d'autre chose. Mais il fit signe de tête que non.

— J'en ai acheté plusieurs ces dix dernières années mais impossible pour moi d'être certain que j'ai acheté celle qui a été utilisée contre votre équipe. Il faudra que je vérifie ma cache…

En d'autres termes, il ne voulait rien dire.

— Et, bien entendu, tu ne nous le dirais pas si c'était le cas, fit Laszlo sur un ton mauvais et incisif.

La mitrailleuse se tourna l'air de rien dans sa direction. Le problème avec ce genre d'armes, c'est qu'il était facile de les abattre tous les deux sans avoir rien vu venir. S'il tirait sur Laszlo, Erick riposterait dans la seconde mais pas avant d'avoir reçu plusieurs balles lui-même. Et ce n'était pas comme ça qu'il comptait en finir.

— Alors ça nous coûterait combien que tu nous dises qui a posé cette mine ? Et s'ils ont fait ça d'eux-mêmes ou sous les ordres de quelqu'un ? demanda Erick sur un ton d'homme d'affaires.

— La discrétion n'a pas de prix, s'exclama l'homme.

— Et tu reçois un beau jour une balle dans le dos, et tu ne la vois pas venir, j'imagine ?

— Alors ça serait très cher, approuva l'homme.

Erick recula.

— Mais c'est toi le boss dans les environs, pas vrai ? Alors, en théorie, tu es au courant de tout ce qui se passe…

— Ça ne veut pas dire que je connaisse tous les détails. Quand je donne un ordre, je sais qu'on y obéira vite et bien, dit l'homme dont il était pratiquement impossible de voir son visage, il portait un chapeau et une écharpe remontée haut mais le peu qu'Erick pouvait en voir ne lui rappelait personne de sa connaissance.

— Et, pourtant, dans ce cas-ci, peut-être que ce n'était pas l'un de tes ordres mais quelqu'un qui s'est servi de toi comme couverture ? suggéra Laszlo, pensif, et, à ces mots, l'homme se tendit, la colère brillait dans son regard.

— On dirait bien que quelqu'un ne t'a pas mis au courant, dit Erick.

Le sourire de l'homme armé ne lui plaisait pas du tout.

— Ce n'est pas après toi que nous en avons… Celui que nous voulons, c'est le connard qui nous a fait ça. Peut-être même à ton insu. Est-ce que tu veux vraiment qu'il te refasse un coup comme ça ? Dans ta propre zone ? C'est probablement quelqu'un que tu connais. Quelqu'un qui travaille pour toi.

L'homme sembla se figer et Erick poursuivit.

— Penses-y. Notre traître fait sauter ses amis. Les hommes qui se sont entraînés avec lui, les hommes qui ont assuré ses arrières pendant des années et il n'a pas eu de problème à nous faire tous sauter… et pour quoi en retour ?

— C'est une bonne question. Pourquoi a-t-il fait ça ?

— Si on savait pourquoi, on saurait qui. Mais parce qu'on ne sait pas ses motivations, nous avons très peu de réponses, dit Erick.

Mais l'homme armé était plongé dans ses pensées. C'était le moment de l'achever.

— Réfléchis. Est-ce que tu as engagé de nouveaux gars ces dernières années ? Quelqu'un qui a rapidement monté en grade ? Quelqu'un qui est devenu très proche de toi très rapidement ?

L'homme armé grimaça et eut un air méfiant.

— Ce ne serait pas l'un des miens, tous sont des hommes de confiance, fit-il sur un ton cassant.

— Comme les miens ?

Le regard de l'homme le refroidit encore davantage.

— Tu sais que, dans ta branche, tu ne peux pas faire confiance à tout le monde et ça inclut ton bras droit et tous les autres ensuite.

— Je n'écouterai plus tes mensonges, tu essayes de me retourner contre mes propres hommes, fit l'homme, désapprobateur.

— Pas du tout. J'essaye juste de te faire comprendre que toi aussi tu es en danger. Parce que celui qui a fait ça essaye de couvrir ses traces et, s'il devait apprendre de nouvelles informations sur tes opérations, que tu as pris l'un de nous en otage, ça va s'inquiéter que l'un d'entre nous le balance. Que l'on te dise quelque chose que l'on n'aurait pas dû te dire. Peut-être qu'il ne se méfiera pas immédiatement mais ça lui trottera dans la tête. Et puis il se demandera comment s'assurer qu'on ne puisse pas remonter jusqu'à lui et il va cogiter, comment, quand et ce qu'il peut faire pour s'en sortir indemne et arriver en haut de l'échelle, dit Erick.

Un des hommes au sol grogna et essaya de se relever mais Erick posa un pied botté sur son cou, le forçant à se rallonger.

— Reste là ! lui ordonna Erick et l'homme releva la tête pour le regarder avant de voir qui l'accompagnait.

— Patron, c'est vous ? demanda-t-il.

On entendit une porte claquer à l'avant du bâtiment et l'homme brandit de nouveau son arme sur Laszlo et Erick.

— Un des vôtres ?

Erick et Laszlo échangèrent un regard et tous les deux haussèrent les épaules, dubitatifs, et dirent que c'était possible mais après un temps de réflexion, Erick répondit que ce n'était pas possible, parce qu'ils n'auraient jamais été aussi bruyants.

À présent, ils entendaient le bruit d'un échange soutenu de coup de feu. Le patron rentra dans la pièce à la porte aux gonds bien graissés.

— On en reparlera peut-être.

— Quand vous voulez ! Mais par texto plutôt… fit Erick en haussant les sourcils.

L'homme répondit avec un sourire sordide.

— Si seulement la vie était aussi facile… mais je sais comment te trouver.

Le bruit des coups de feu avait redoublé d'intensité. Erick sentit ses muscles se tendre, attendant le bon moment, mais l'homme le prit de cours. Abaissant son arme, il tira une balle dans chacun de ses hommes au sol et il claqua la porte aux gonds silencieux, les laissant dans le couloir.

— Merde, jura Erick en s'accroupissant, évidemment en vain.

L'homme qu'il avait assommé et qu'il avait encore eu sous sa botte quelques instants auparavant avait reçu une balle dans la tête. Pareil pour son voisin qui était techniquement déjà mort.

Erick regarda Laszlo et tous les deux regardèrent la porte de sortie, ils regardèrent la porte bien graissée puis l'avant du bâtiment d'où venaient les coups de feu. Ils se regardèrent. Il y avait un choix à faire, et à faire rapidement.

CHAPITRE 12

L A RELEVE DE la garde eut lieu si vite que Honey n'était pas tout à fait certaine de ce qui venait de se passer lorsqu'on la fit s'éloigner en hâte du bâtiment. Bâtiment où étaient encore Laszlo et Erick.

— Pourquoi devrais-je te faire confiance ? demanda-t-elle à l'inconnu.

— Content que tu me poses la question. Moi, c'est Brandon, je connais Badger et Kat. Bien que je n'aie jamais bossé avec Erick, je connais Talon et quelques autres membres de l'équipe. Je travaille actuellement pour Legendary Security. Nous sommes tous d'anciens SEALs et on gère des questions de sécurité dans le monde entier, répondit-il avec un sourire.

Elle n'était pas certaine de savoir quoi en penser. Ça paraissait impressionnant mais elle avait rencontré beaucoup d'inconnus ces derniers temps et très peu avaient eu de bonnes intentions à son égard.

— Où est-ce que tu m'emmènes ?

Il pointa du doigt le bout de la rue.

— Quelqu'un va venir te chercher quand on sera là-bas.

— Comment peux-tu être certain que nous n'avons personne à nos trousses ?

— Cade et Talon arrivaient par la porte de devant au moment où nous partions alors il y a de grandes chances que tout soit déjà fini à l'intérieur.

— Et dans ce cas, qui est-ce qui conduit ?

Ils avaient déjà couru sur quelques centaines de mètres et elle continuait de regarder derrière elle, elle aurait voulu qu'Erick la suive. Ou même Laszlo. Ce n'était pas qu'elle ne pouvait pas faire confiance à cet homme, mais elle ne le connaissait pas.

Un véhicule s'arrêta juste devant elle.

— Grimpe ! fit le conducteur.

Elle n'avait pas vraiment le choix et obtempéra, Brandon la suivit et ils repartirent. Mais, encore une fois, c'était un inconnu qui conduisait. Elle se pencha en avant et lui demanda son nom. Il la regarda du coin de l'œil.

— Moi, c'est Merk, un autre ami du groupe.

Honey se rassit nerveusement, son regard allant de l'un à l'autre. Ils lui paraissaient fiables et compétents et ils n'avaient pas encore tenté de lui faire du mal mais toujours était-il qu'ils l'éloignaient des autres.

— Je ne veux pas partir sans les autres ! s'exclama-t-elle en se contorsionnant dans son siège.

— Nous ne partons pas sans eux mais nous t'emmenons en lieu sûr.

Au même moment, le téléphone de Merk sonna et il décrocha.

— Allô ?

Il écouta une seconde.

— Oui, Honey est avec nous.

Merk échangea un regard avec Brandon.

— Il a tiré sur ses hommes ?

Un autre moment de silence.

— D'accord, on y retourne et on entre par devant. On espère que tout sera fini avant qu'on y arrive. Tu as déjà gâché ma nuit… plaisanta Merk.

— Vous venez toujours quand ils appellent ? demanda Honey, fascinée.

— Chaque fois que nos amis ont besoin d'un coup de main, nous sommes au rendez-vous. Le monde est complètement détraqué de nos jours et, parfois, les bonnes personnes ont besoin d'un peu d'aide.

Elle ne pouvait pas dire le contraire. Au coin de la rue, Merk tourna à droite puis à nouveau à droite et ils arrivèrent devant le bâtiment. Un véhicule était déjà garé.

— C'est l'un des nôtres ? s'enquit-elle et Merk confirma après avoir coupé le moteur.

Les deux restèrent assis à observer l'entrepôt devant eux.

— Vous ne devriez pas aller leur donner un coup de main ?

Brandon éclata de rire, un rire qui ressemblait à un aboiement.

— Je vais y aller. Merk, tu veilles sur elle !

Il ouvrit la porte du véhicule et descendit. Avant qu'elle ne puisse en prendre conscience, il était déjà parti.

— Mais où va-t-il ?

— Tu lui as demandé d'aller aider Erick, fit Merk, impassible.

Elle le fusilla du regard.

— Vous, les gars, vous avez vraiment un très mauvais sens de l'humour…

— Alors Erick, c'est un ami à toi, pas vrai ? rit-il.

Honey eut un regard mauvais et se rassit, croisant les bras sur sa poitrine.

— Oui, ça s'est amélioré depuis notre première rencontre, admit-elle.

— Comment vous êtes-vous rencontrés ?

— J'ai percuté sa Mustang, ricana-t-elle.

Un silence de plomb s'installa dans le véhicule. Merk pivota pour la dévisager, horrifié.

— Tu as fait quoi ?

Elle rit.

— C'était il y a un an de ça et ce n'était clairement pas une excellente première rencontre mais elle est bien réparée et l'assurance a couvert les frais.

Mais à l'expression de Merk, Honey sut que cela ne l'avait pas tranquillisé.

— C'était accidentel, fit-elle en se penchant en avant.

Il secoua la tête.

— Waouh, je suis surpris qu'il accepte même de t'adresser la parole….

— Eh bien, il ne m'a pas parlé pendant un moment mais il semblerait que de m'avoir vue ici à l'hôtel alors qu'il était là pour une mission de revanche personnelle à l'air d'avoir changé la donne.

— Il t'a parlé de sa mission ? demanda-t-il après l'avoir longuement jaugée.

Puis Honey se rendit compte qu'elle ne savait toujours pas qui était Merk, elle le regarda d'un air mauvais.

— T'es maligne, gamine ! acquiesça-t-il.

— Je ne suis pas une gamine…

Il rit.

— Je dois te dire que la plupart des femmes que je connais seraient de ton avis et m'auraient empoigné par le cou pour avoir dit que tu étais une gamine…

— Je crois qu'elles me plairaient bien, tes amies ! Les hommes s'imaginent toujours que les femmes sont des gamines… dit Honey.

Au même moment, on entendit des coups de feu. Honey

eut le souffle coupé et colla son visage à la vitre, essayant de voir ce qu'il se passait.

— Tu devrais aller les aider, fit-elle.

— J'irais s'ils en avaient besoin mais ce n'était pas le cas, répondit Merk avec nonchalance.

— Comment tu peux savoir ça ? Je ne veux pas que quelqu'un soit blessé… gémit-elle.

— S'ils ont besoin d'un coup de main, ils sauront me téléphoner.

— Ils n'ont pas trente secondes devant eux pour pouvoir t'appeler. Peut-être que je devrais y aller, suggéra-t-elle et, au même moment elle entendit le clic significatif : les portières du véhicule venaient d'être verrouillées.

— C'est cruel ! protesta Honey.

— Dès l'instant où tu commences à envisager d'aller au milieu d'une fusillade alors que tu n'as pas d'arme, ça s'avère nécessaire, fit-il sur un ton sombre.

— Alors tu y vas ! dit-elle d'un regard mauvais.

Il secoua la tête.

— Mon job, c'est te garder en sécurité ou est-ce que tu as oublié que quelqu'un s'attend à te trouver devant sa porte ?

Elle poussa un petit cri avant de devenir folle de rage.

— Ce connard devra payer pour ça !

— Il payera. Mais je ne veux pas qu'Erick se mette dans le pétrin, car il y a de grandes chances qu'il veuille tuer David. Il voulait passer un bon moment avec lui et ça ne pourra pas se produire. J'ai déjà contacté le MI6 qui a prévenu le gouvernement afghan et on m'a dit il n'y a pas longtemps qu'ils allaient l'interroger.

— Ce que vous êtes rapide ! se réjouit-elle. Assurez-vous qu'il ne puisse pas kidnapper une autre femme… ou pire.

— Il y a de grandes chances qu'il perde sa réputation et son boulot mais la justice n'est pas la même ici alors je ne peux pas te garantir qu'il fera de la prison. Toutefois, il ne s'en tirera pas comme ça.

Elle prit le temps de réfléchir à ce qui attendait David. Serait-ce suffisant ? Non, certainement pas, mais les choses étaient ce qu'elles étaient et il fallait qu'elle se fasse à l'idée. Et qu'Erick aussi se fasse à cette idée. Puis, une autre pensée lui traversa l'esprit alors qu'elle se rendait compte qu'ils étaient déjà assis dans le véhicule depuis un long moment.

— Et qu'est-ce qui se passe si je ne veux pas être en sécurité si ça veut dire que des hommes sont blessés ?

— Tu t'inquiètes vraiment pour eux, pas vrai ? demanda Merk, le regard plus doux.

Peut-être était-ce le choc de tout ce qu'elle avait enduré ce jour-là mais, d'un coup, ses yeux s'embuèrent de larmes qu'elle tenta de repousser avec agacement.

— J'aimerais mieux que personne ne soit blessé et le fait qu'ils aient profité de moi et se soient servis de moi pour faire venir Erick n'arrange rien…

— Même sans toi, ils auraient kidnappé Laszlo…

— Je ne peux pas imaginer que Laszlo se serait laissé faire, il a tué cet homme si rapidement, admit-elle.

— Nous pouvons tous tuer un homme en trois secondes, ça fait partie de notre entraînement et il arrive parfois que ça soit la plus utile de nos compétences, fit Merk à mi-voix.

En y réfléchissant, Honey se rendit compte à quel point elle aurait été heureuse d'avoir ne serait-ce qu'une partie infime de leurs compétences ces derniers jours. Elle aurait ainsi pu échapper à ses agresseurs.

— Je ne veux tuer personne, j'ai juste envie qu'ils me laissent tranquille !

— Parfois, les gens comme ça n'arrêtent pas. Peu importe combien de fois tu les mets en garde, mais, à l'instant où quelqu'un brandit un pistolet sur toi, tu n'as vraiment qu'une seule option.

— Tu ne peux pas te contenter de les assommer ?

— Pour qu'ils se relèvent et reviennent à la charge ?

Elle pensa à l'homme qui était entré dans sa chambre et elle acquiesça.

— Mais il doit y avoir quand même une autre façon de faire…

— Quand on a affaire à des traîtres, on a un peu de mal à envisager la paix dans le monde.

— Erick ne veut pas tant la paix dans le monde que la paix dans son cœur. Il croit que quelqu'un l'a trahi, que quelqu'un a fait mourir un membre de son équipe et a fait sauter le reste, leur faisant endurer des années d'opérations et de kiné. Je sais que Badger pense la même chose, dit Honey à mi-voix.

Merk resta pensif et hocha la tête.

— Malheureusement, avec les preuves qu'ils ont, il est difficile d'en venir à une autre conclusion.

— Mais comment quelqu'un pourrait-il faire une chose pareille ? Comment quelqu'un pourrait-il envisager de blesser ses amis ? Et, dans ce scénario, ça ne serait pas bien différent d'un suicide si c'était la faute de l'un des membres de l'équipe qui a sauté, lui aussi ? Comment est-ce que ça pourrait être l'un d'entre eux ?

— Nous ne savons pas encore mais ce que nous savons, c'est qu'Erick faisait confiance à ses hommes et qu'il est en lien avec tous les survivants. Qu'ils en ont parlé et qu'ils savent qu'aucun d'entre eux n'est responsable.

— Mais il n'y a personne d'autre ! protesta Honey.

— Nous ne sommes pas certains, il y avait deux autres camions impliqués ce jour-là, peut-être que leur camion a explosé par accident. Peut-être que ça aurait dû être un autre camion. Il y avait encore huit autres hommes, quatre dans chaque véhicule. Et nous faisons des recherches pour savoir s'il y avait des choses qui nous intéressent….

— Et leur équipier qui est décédé ?

— Oui. Et Mouse ? Était-il suicidaire ? Sociopathe ? Qui peut nous le dire ? Mais, malheureusement, il n'est plus là pour qu'on lui pose la question. Rien n'est pire que de regarder dans les yeux tes amis et te demander si l'un d'entre eux t'a trahi, toi et tout le reste de ton équipe. Chacun d'entre eux qui passe devant toi et te dit les yeux dans les yeux que ce n'était pas lui… Tu le crois…

— Est-ce qu'il y aurait pu avoir un passager clandestin ?

Il se figea et la regarda.

— Quoi ?

— Est-ce qu'il y aurait pu avoir un passager clandestin ? Quelqu'un d'étranger à l'équipe ? Quelqu'un qui serait monté avec eux ? Quelqu'un caché à l'arrière du camion, dessous ou sur le toit ? Je ne sais pas… Est-ce que c'est possible ? J'ai cru comprendre qu'il y avait un enregistrement mais est-ce que ça aurait pu être fait un peu plus tôt et ensuite cette personne le dépose…

Les doigts de Merk pianotèrent sur le volant.

— Je ne sais pas mais ça vaut la peine d'y réfléchir. Je n'ai jamais pensé leur poser la question.

— Est-ce que tout le monde dans l'armée est au courant ?

— Je ne suis plus en service mais toutes les personnes qui connaissent Badger sont au courant.

— J'imagine qu'il faudra tout le monde pour résoudre le

problème, pas vrai ?

— Oui, mais ça ne veut pas dire que ça sera ton problème…

— Je présume qu'aussi longtemps que ce sera le problème d'Erick, ça sera aussi le mien, fit Honey à voix basse.

— Bienvenue dans la famille ! fit-il avec un large sourire compréhensif.

Elle secoua la tête et leva les yeux au ciel.

— Non, on y est pas encore, contra-t-elle.

— Tout est dans le « pas encore ». Tu es en bonne voie. J'ai déjà vu des trucs incroyables se produire dans le domaine en un an. C'est bon de savoir que ce n'est pas juste pour les gars qui bossent avec Mason et Levi.

— Ça ne signifie rien pour moi. J'ai déjà entendu les gars parler de Levi mais je ne le connais pas personnellement.

— Et ce n'est pas grave. Il gère la boîte pour laquelle je bosse. Lui, moi et deux de nos amis étaient dans la même équipe dans la Marine et nous avons été trahis. On a retrouvé les hommes responsables et après on s'est repris en main et on a monté notre boîte. Je fais partie des quatre fondateurs. Levi et sa partenaire, Ice, ont amené les fonds et on n'a jamais regardé en arrière.

Entendant un cri, Honey se retourna pour regarder de nouveau par la fenêtre. Erick se trouvait devant le bâtiment et agitait la main.

— C'est le signal ! dit Merk en descendant du véhicule puis ouvrit la porte passager pour Honey et, après un regard aux alentours, lui fit rapidement traverser la route pour rejoindre Erick.

— Laszlo s'est pris une balle dans l'épaule, on essaye de faire un bandage pour le ramener à l'hôtel, dit Erick à mi-voix.

Honey se précipita vers l'entrepôt sombre.

— Où est-il ? cria-t-elle.

— Il est là ! répondit Cade sur le même ton.

Elle fut en un instant aux côtés de Laszlo qui, en dehors de sa pâleur et de son t-shirt ensanglanté, n'avait pas l'air de souffrir.

— Je vais bien, doc, fit-il avec un large sourire.

Honey éloigna Cade et observa attentivement la blessure. La balle avait traversé l'épaule, laissant un trou propre et net.

— Je ne sais pas de quel genre de balle il s'agit mais ça n'a pas fait trop de dégâts. J'imagine qu'il faudra que je te raccommode encore une fois.

Laszlo la regarda d'un sale œil.

— Non, ça se refermera très bien tout seul…

— Bien sûr, mais il faut quand même désinfecter.

L'un des hommes lui tendit une petite flasque en métal.

— Pourquoi est-ce que j'ai des raisons de croire qu'il y a de l'alcool là-dedans ? demanda-t-elle.

Talon la regarda, impassible, puis il sourit.

Elle leva les yeux au ciel, l'ouvrit et versa un peu du contenu sur la plaie ouverte. Laszlo rugit de douleur, bondit et la fusilla du regard. Elle répondit en le fusillant du regard elle aussi.

— Assieds-toi !

Leurs visages à quelques centimètres l'un de l'autre, il finit par se rasseoir.

— T'es pas sympa, doc !

Mais à son ton, ça n'avait pas tout à fait l'air de le déranger. Si Honey ne s'y trompait pas, c'était du respect qu'il y avait dans sa façon de parler. Elle étudia les bords de la plaie.

— Je n'ai pas mon sac à main… j'ai besoin de mon sac…

— Tu as toujours ton kit de couture dans ton sac ? s'étonna Laszlo.

— Je suis en voyage si tu te rappelles… je ne voulais pas tout laisser dans ma valise à l'hôtel, j'ai juste rangé mes affaires dans mon grand sac à main.

Merk revint quelques minutes plus tard avec le sac à main d'Honey. Elle ne savait pas qui l'avait trouvé parce qu'elle l'avait au restaurant mais, ensuite, elle en avait perdu la trace. Ravie de retrouver son sac, elle remercia Merk avec un large sourire. Farfouillant dans son sac, elle récupéra du fil dentaire et une aiguille. Elle passa rapidement le fil dans le chas de l'aiguille et, sous le regard de tous, entreprit de recoudre la plaie de Laszlo.

— Quelqu'un aurait-il un pansement propre ?

On lui en tendit plusieurs ainsi que de la poudre antiseptique et, en quelques secondes, l'épaule de Laszlo était proprement pansée. Elle l'aida à remettre son t-shirt.

— Voilà, c'est fait. Mais maintenant tu essayes de rester loin des ennuis suffisamment longtemps pour pouvoir guérir.

Il la gratifia d'une parodie de salut militaire.

— Bien sûr que je vais te croire, ricana-t-elle et, rangeant ses affaires, elle se tourna vers Erick qu'elle observa de la tête aux pieds.

Honey lui fit remarquer qu'il n'avait pas une égratignure et il lui répondit avec un sourire que ce n'était pas le cas de leurs adversaires.

— Tu as pu mettre la main sur l'homme qui voulait te parler ? s'enquit Honey.

— Non, il a malheureusement disparu, lui dit Erick.

— Explique ! exigea-t-elle sans comprendre.

Erick haussa les épaules et la mit rapidement au courant.

— Il était plus important qu'on te fasse sortir et qu'on

aide nos amis que de se lancer à la poursuite d'un trafiquant d'armes. On aurait pu le neutraliser mais on pourrait bien avoir besoin de lui plus tard.

— Tu crois qu'il a des réponses ?

— Je pense qu'en ce moment, il est en train de se poser des questions sur ses troupes et je me demande si quelqu'un n'est pas sur le point de lui planter un poignard dans le dos, expliqua-t-il à mi-voix et, après un regard pour les autres, demanda si tout le monde était prêt à partir.

Tous acquiescèrent et Honey compta les personnes présentes : quatre hommes, deux en renfort et elle-même. Sept au total donc. Erick lui fit signe de le rejoindre.

— Tu viens avec moi !

Elle haussa les épaules.

— Pas de problème, je veux juste être certaine de prendre mon vol de retour, j'aimerais autant être le plus tôt possible dans mon lit.

Talon s'avança le premier, ouvrit la porte, se décala sur côté et balaya la zone de son bras armé et, après avoir observé les alentours, s'adressa à ses équipiers.

— Le champ est libre !

Les autres sortirent et rejoignirent les véhicules. Merk ouvrit les portes du véhicule où il avait retenu Honey.

— Autant que vous veniez tous les deux avec moi, on ira directement à l'aéroport.

— Il faut que je récupère mes bagages à l'hôtel, informa Honey.

— On va y passer, répondit-il.

Elle et Erick montèrent à l'arrière et arrivèrent à l'hôtel en un quart d'heure. Elle se précipita à sa chambre avant de se rendre compte que ses affaires avaient déjà été déposées à la réception. Derrière le comptoir se trouvaient ses bagages, qu'elle récupéra, puis elle paya sa note et se dirigea vers l'entrée. Erick était au téléphone, adossé au mur à côté de l'ascenseur. Elle attendit qu'il ait raccroché.

— Prêt à partir ?

— Oui, sourit-il, j'ai fait tout ce que je peux faire ici dans l'immédiat.

— Très bien, rentrons à la maison maintenant, fit-elle en souriant aussi.

Il prit la main d'Honey dans la sienne et ils sortirent ensemble de l'hôtel.

Merk était garé à proximité de l'entrée, il leur fit signe de se rapprocher et mit le contact. Et, au moment où ils traversaient la route pour le rejoindre, un véhicule accéléra dans leur direction et un seul coup de feu fut tiré.

Honey fut jetée au sol, sa tête heurtant le béton. Elle cria de douleur et entendit des éclats de voix alors que Merk se précipitait pour la rejoindre. Mais elle ne pouvait pas bouger. D'un coup, un poids lui fut enlevé et elle put se relever lentement, se tenant la tête. Puis elle vit Erick. Merk le tenait et c'est là qu'elle se rendit compte qu'il avait été blessé.

— Est-ce que ça va ? demanda-t-elle en s'appuyant sur le véhicule pour se redresser.

Il la regarda durement.

— C'est à toi qu'il faut demander ça !

— Je vais bien. Et toi ? sourit-elle.

Une traînée de sang gouttait lentement le long de sa tempe, laissant Honey fascinée et horrifiée.

— Si ç'avait été à quelques millimètres sur le côté, tu…

— Mais ce n'était pas le cas, fit-il en levant une main pour lui faire couper court et elle regarda la route dans la direction où le véhicule était parti.

— Il s'enfuit !

Au même moment, la Jeep où étaient Talon et Cade partit à sa poursuite. Consternée, elle les regarda faire.

— Est-ce qu'il faut qu'on reste et qu'on en parle à la Police ?

Merk les fit monter précipitamment dans son véhicule et ils partirent. Plusieurs membres du personnel de l'hôtel étaient venus voir ce qu'il s'était passé mais comme personne ne leur amena d'éclaircissement, ils se dispersèrent rapidement.

— Ma tête me fait un mal de chien, soupira Erick.

Honey se retourna et le dévisagea, inquiète.

— Peut-être qu'on devrait aller à l'hôpital ?

— Ah ça non ! protesta-t-il, emmène-nous à l'aéroport si tu peux, Merk, je ramène Honey à la maison !

— Pas sans toi, contra-t-elle.

— Cade et Talon sont à la poursuite du gars, sourit Erick.

— Tu ne veux pas rester ici pour avoir le fin mot de l'histoire ? demanda-t-elle, surprise.

— Ce que je veux, c'est te garder en vie, ils sont sur l'affaire. Je vais te ramener à la maison et ils me tiendront au courant une fois qu'on sera arrivés, dit-il en serrant sa main dans la sienne.

Elle secoua la tête.

— Je sais que c'est important pour toi, tu es venu jusqu'ici pour avoir des réponses…

Parce que Merk était là aussi et écoutait, Erick se rapprocha d'Honey et l'embrassa délicatement.

— Parfois, ce que l'on cherche, ce n'est pas ce que l'on trouve et parfois on se rend compte que l'on ne cherchait pas la bonne chose pour commencer. Je suis content de te ramener à la maison. Quand on arrivera, les autres en sauront plus que nous, on se retrouvera et on continuera notre enquête.

Avec un sourire ému, elle acquiesça.

— Alors, Merk, si ça ne te dérange pas, j'aimerais vraiment pouvoir avoir mon vol.

Merk démarra et les emmena à l'aéroport, Honey nettoya la plaie d'Erick et après tout le mal qu'ils avaient eu pour y arriver, une fois sur place, ils n'eurent aucun problème pour passer la sécurité ni à l'embarquement. Ceci étant dit, dans les bagages en soute d'Erick se trouvaient des armes. Elle ne savait pas ce à quoi lui avait servi le pistolet mais ne lui posa pas la question. Il avait l'habitude de voyager, alors elle lui faisait confiance.

Quand ils descendirent de l'avion au Nouveau-Mexique, Honey resta un long moment à l'entrée de l'aéroport, plus tremblante que jamais. Erick passa un bras sur son épaule et la serra contre lui.

— Est-ce que ça va ?

— Je vais bien, j'imagine que j'étais juste terrifiée à l'idée de ne jamais revenir ici.

— Tu rentres comment ? lui demanda Erick en embrassant son front.

— Je vais prendre un taxi, lui dit-elle.

— Tu rentres avec moi, allons-y, répondit-il en sortant un trousseau de clés de sa poche.

Elle le suivit jusqu'au parking puis s'immobilisa sur place. Il sourit largement et lui ouvrit la porte côté passager de sa Mustang.

— Tu crois que ce n'est pas dangereux de me laisser monter ? fit-elle, taquine.

— Tu es moins dangereuse à l'intérieur qu'à l'extérieur, répondit-il sur le même ton.

Il démarra et sortit du parking. Quelques minutes plus tard, il se garait devant son appartement.

— Je n'aurais pas dit que tu étais le genre de personne qui vit en appartement, fit remarquer Erick.

— J'ai passé ma vie d'adulte à établir ma carrière, admit-elle, je n'ai jamais eu bien le temps ou l'énergie d'acheter une maison.

Elle le dirigea vers son étage, si épuisée qu'elle arrivait à peine à marcher. Certainement pas l'énergie de s'inquiéter pour leurs au revoir. Elle ouvrit sa porte, entra et laissa tomber sa valise, ravie et soulagée d'être chez elle. Elle se retourna.

— Merci de m'avoir ramenée !

Il baissa la tête et l'embrassa avant de la serrer contre lui. Quand il se releva elle se blottit plus près de lui.

— Est-ce que ça veut dire que tu ne pars pas tout de suite ?

— Est-ce que ça veut dire que tu m'invites à rester ? contra-t-il.

Elle pencha la tête.

— Je ne suis bonne à rien à présent. J'ai besoin de dormir. Beaucoup dormir.

— Moi aussi, chuchota-t-il en posant un doigt sur ses lèvres.

Honey l'entraîna vers sa chambre, repoussa la couette, se déshabilla et se glissa dans le lit. Il la rejoignit. Elle éteignit la lumière et il la prit dans ses bras, la serrant doucement contre lui. Ils avaient le reste de leurs vies pour le reste. Et elle en était ravie. Il embrassa sa tempe.

— Réveille-moi quand tu te réveilleras, murmura Erick.

— Bien sûr, acquiesça-t-elle.

En cuillères, ils s'endormirent tous les deux.

ERICK S'EVEILLA LENTEMENT, tout son corps éprouvant et son crâne palpitant. Il était seul. Il jura et s'assit, posant sa main contre sa tête dans l'espoir de calmer les palpitations. Honey sortit de la salle de bain, observa son visage, sortit quelque chose de l'armoire à pharmacie et lui amena un verre d'eau.

— Prends ça, ça te fera du bien !

Il prit les antidouleurs, but son verre d'eau puis regarda par la fenêtre.

— On dirait bien que c'est le matin.

— C'est bien ça, mais je suis toujours épuisée, admit Honey.

Il lui tendit le verre vide qu'elle déposa sur sa table de chevet avant de retourner au lit et de remonter les couvertures jusqu'à sa poitrine, elle se frotta le visage. Aux petits plis qu'elle avait au coin des yeux, Erick pouvait voir qu'elle était effectivement encore bien fatiguée.

— Tu as eu des nouvelles des autres ? demanda-t-elle.

Il tendit le bras pour récupérer son pantalon, sortit son téléphone de sa poche et consulta ses messages, plusieurs attendant une réponse de sa part.

— Ils n'ont pas pu mettre la main sur l'homme armé mais ils vont passer une journée supplémentaire sur place pour voir s'ils peuvent en savoir davantage.

— Si ça leur fait plaisir, dit-elle en bâillant, je suis tellement contente de ne plus être là-bas.

— J'aurais dû te le dire plus tôt mais je n'ai pas eu le temps. Cade a récupéré ton disque dur et nous devrions pouvoir tout récupérer.

— C'est merveilleux, s'exclama-t-elle avec joie.

— Tu es merveilleuse, dit-il en posant son téléphone sur la table de chevet et se glissa de nouveau sous les couvertures, prenant Honey dans ses bras. Je suis tellement heureux d'être là avec toi, avoua-t-il.

Elle se figea et se retourna pour pouvoir le regarder.

— Vraiment ?

Il s'appuya sur son bon bras et se pencha sur elle, repoussant ses cheveux en arrière. Elle les avait tressés mais quelques mèches s'étaient échappées et s'étalaient sur l'oreiller à côté d'elle. Il hocha la tête et sourit. Il se pencha pour l'embrasser sur la joue, puis sur le nez et enfin sur les lèvres.

— Oui, tout ce qu'il y a de plus heureux, chuchota-t-il.

Elle passa ses bras autour de son cou et le rapprocha d'elle.

— Très bien, parce que moi aussi. La dernière chose que je voulais ce serait que tu cours le monde et que tu te fasses tuer alors que tu essayes d'avoir ta revanche.

— Je le sais et je n'ai pas l'intention de me faire tuer. Mais il faut que je trouve des réponses et je ne veux pas qu'un autre homme puisse te considérer comme une esclave sexuelle, dit-il en lui embrassant le nez.

— Je ne crois pas que je retournerais à un séminaire de ce genre de sitôt. Je crois bien que j'ai eu mon lot d'aventures…

— Ne t'inquiète pas, je ne laisserai rien t'arriver….

— Eh bien, quand les gars reviendront, ils auront certainement du nouveau et ça te dira où aller ensuite. Je sais que ça compte pour toi. Mais ça ne sera peut-être pas immédiat. On a tous besoin de se reposer et de se remettre sur pieds avant que ça ne te démange d'y retourner. Et puis, tu devrais te rendre compte de la chance que tu as eu de finir cette mission et d'en apprendre un peu plus que ce que tu savais déjà. Et puis, tu as sauvé une demoiselle en détresse. Quand je me serais reposée, demain peut-être, j'irais voir Kat, pour prendre de ses nouvelles, sourit-elle.

— J'ai perdu le fil du temps, mais je sais que Badger devait se faire opérer, il faudra que je lui demande des nouvelles aussi.

— J'ai envie de te dire plus tard, murmura-t-elle contre ses lèvres, je ne suis pas encore prête à ce que la vraie vie s'immisce dans la nôtre. C'est comme si nous avions enfin notre petit nid en sécurité et je n'ai vraiment pas envie d'avoir à le quitter.

Il comprit ce qu'elle voulait dire. Il ressentait la même chose. Cet interlude qu'il avait passé avec elle dans ses bras, c'était ce à quoi ils voulaient en venir et avaient enfin réussi à l'atteindre. À présent qu'ils étaient là, ni l'un ni l'autre ne voulait repartir. C'est le moment que choisit l'estomac d'Erick pour grogner. Honey éclata de rire.

— J'imagine que ça veut dire qu'un petit-déjeuner s'impose…

— J'ai certainement faim mais pas que de nourriture… J'aurais espéré qu'on se nourrisse d'une façon puis de l'autre, suggéra-t-il et il vit son regard chocolat pétiller de joie.

— Tu sais quoi ? Ce n'est pas une mauvaise idée, fit-elle en faisant courir sa main sur son dos musclé.

Ses doigts glissèrent sur les cicatrices et les marques des opérations, son sourire retombant.

— Tu as été grièvement blessé, pas vrai ?

— Oui, je ne sais même pas si tu te rends compte qu'il me manque une jambe.

Elle sourit.

— Tu as une jambe, il te manque la cheville, ou plutôt le pied, se corrigea-t-elle.

Il haussa les épaules.

— Parfois, c'est du pareil au même. S'il le faut vraiment, je peux marcher sans la prothèse mais c'est pas beau à voir.

— Ton dos et ton torse sont très marqués, fit-elle remarquer en caressant de nouveau son dos.

Il acquiesça.

— C'est vrai, j'ai perdu beaucoup de muscles. J'ai des broches un peu partout et une plaque dans ma jambe droite. Mais la partie inférieure de cette jambe, le pied et la cheville, a sauté… C'est toujours les pieds… et les mains, bien sûr, dit-il en agitant les doigts, pour lui montrer qu'il lui en manquait deux.

— Mais tu es vivant, en bonne santé et tu as l'avenir devant toi. Je suis fichtrement heureuse que tu ne sois pas mort dans cet accident, dit-elle joyeusement.

Il plongea son regard dans le sien, voyant qu'elle était sincère et ses larmes qui menaçaient de couler.

— Eh, ça va aller, ne pleure pas !

Elle eut un sourire ému.

— C'est difficile de ne pas pleurer quand on voit ce que ton corps a dû endurer, en comprenant les opérations que tu as dû avoir. Il faut que tu saches que, même si je comprends bien pourquoi tu fais ça, j'ai seulement peur qu'un jour, tu ne rentres pas à la maison.

Il se pencha en avant et l'embrassa avec force. Mais ce qui avait commencé comme un baiser rassurant fit crépiter la passion alors qu'elle le prenait dans ses bras et répondait avec avidité à son baiser. Sa réponse le prit de court et l'espace d'un instant, il peinait à penser. Quand il finit par rompre le baiser, ses lèvres s'attardèrent sur sa joue et sa mâchoire puis sur la courbe de son cou, l'entendant glapir de plaisir alors que ses mains glissaient le long de son corps et remontaient pour prendre ses seins. Elle portait encore un soutien-gorge, il l'en débarrassa en un rien de temps. Mais tout ce qu'il faisait générait en elle une réponse telle qu'il n'en avait jamais vu. Elle frissonnait dans ses bras, soupirant et gémissant de joie à chacune de ses caresses. Une telle réponse ne manqua pas de lui échauffer le sang. Le prenant dans ses bras, elle l'embrassa passionnément, sa langue se battant avec la sienne. Il s'écarta.

— Ralentis !

— Je n'en ai pas envie, fit-elle.

Il la regarda, faussement choqué et lui fit passer ses bras au-dessus de sa tête, entreprenant de glisser le long de son corps sa langue chaude et humide alors qu'il léchait et goûtait finalement un sein rond. Elle se trémoussait sous lui, ses cris faisant s'affoler son pouls. Puis il goûta le second. Utilisant une main pour garder ses bras en l'air, il caressa sa hanche et finit par glisser vers l'intérieur de sa cuisse. Lentement, il remonta et finit par glisser un doigt à travers ses boucles, la trouvant chaude et humide, prête pour lui. Elle poussa un petit cri et se trémoussa alors qu'il s'appliquait. Elle avait si bon goût qu'il ne voulait pas partir. Honey tenta de dégager ses mains mais il ne la laissa pas faire. Il embrassa son nombril puis lécha ses côtes, laissant dans son siège une traînée de baisers humides qui le ramena à ses seins. Elle s'arc-bouta, enveloppa sa taille avec ses jambes, essayant de le faire passer au-dessus d'elle.

Lorsqu'il fut là, il baissa la tête et l'embrassa et, à présent que les jambes d'Honey enveloppaient ses hanches, elle chuchota :

— Viens !

Il relâcha sa prise sur ses mains, la fit se réinstaller et entra en elle jusqu'à la garde. Elle eut le souffle coupé, s'effondrant dans ses bras.

— Est-ce que ça va ?

— Ça va, mais ça ira bien mieux dans quelques minutes, grogna-t-elle.

Il éclata de rire et, comme elle insistait, il commença à bouger. Il voulait y aller lentement mais elle n'en voulait rien. Toutes les fois où il essayait de ralentir, elle se débattait, resserrant davantage sa prise sur lui. Puis il finit par ne plus se maîtriser et la pilonna encore et encore et encore. Lorsque tout son corps s'ébranlait sous le coup de son orgasme, il la sentit s'abandonner dans ses bras une nouvelle fois. Elle poussa un cri et retomba sur le lit. Il resta en position un long moment avant de retomber à ses côtés, l'entraînant avec lui.

— Je n'étais pas certain d'avoir l'énergie pour y arriver, grogna-t-il.

— Tu t'en es très bien sorti et je suis contente que nous soyons là à présent ! rit-elle et elle l'embrassa avec force.

— Moi aussi, ce serait si bien de pouvoir rester comme ça, chuchota-t-il.

Il la tenait contre elle et pensait à tout ce qu'ils avaient enduré.

— On peut, du moins pendant quelques heures, promit-elle.

Il la regarda attentivement.

— Alors, dans ce cas-là faisons notre possible pour en profiter, dit-il.

Et c'est ce qu'ils firent. Ils s'aimèrent lentement, prenant le temps de se connaître physiquement et émotionnellement. Parfois, la passion prenait le dessus par surprise, et elle se retrouvait à le chevaucher sans modération.

Lorsqu'ils finirent sous la douche, leur passion ne s'était

toujours pas éteinte alors qu'ils jouaient aux sirènes sous le jet d'eau. Finalement, épuisée, elle s'effondra sur le lit et, encore une fois, il la prit dans ses bras et la serra contre son cœur.

— Je ne sais pas à qui je dois ce miracle, mais je suis tellement content que tu sois là à mes côtés, chuchota-t-il.

— Alors, garde-moi contre toi pour l'éternité, fit-elle en levant la tête pour l'embrasser.

— Ça, je sais faire.

— Tu promets ?

— Je te promets, sourit-il alors qu'il sentait que la voix d'Honey se faisait plus lointaine, perdue dans une brume lourde de sommeil.

ÉPILOGUE

C ADE TERENCE SE saisit de son sac de voyage et en fit passer la sangle sur son épaule alors qu'ils sortaient de l'aéroport.

— Tu n'avais pas besoin de revenir avec moi, dit-il à Talon.

— Je voulais voir Badger de toute façon. Laszlo arrive par le vol suivant alors je me suis dit qu'on pourrait faire une réunion. Si Badger est d'attaque.

— Ce sera sûrement dans sa chambre d'hôpital alors. Mais tu sais comment il est quand on ne le tient pas au jus…

Talon acquiesça.

— Je pense qu'il est temps de mettre les autres au courant.

— Erick t'a devancé. Il a déjà contacté Geir. Je ne sais pas ce qui se passe, mais je suis absolument certain que ce ne soit pas l'un d'entre nous.

— Je suis bien de ton avis mais on doit trouver de qui il s'agit.

Au même moment, des membres du personnel de la compagnie aérienne se dirigèrent vers un taxi qui venait de s'arrêter.

— T'as une voiture ? demanda Cade.

Talon fit signe que non.

— Et toi ?

— Non ! On peut prendre un taxi si tu veux.

Le taxi venait de repartir au moment même où arrivait une femme en uniforme.

— Oh mince ! pesta-t-elle.

Cade la regarda.

— Est-ce que vous venez de manquer votre taxi ?

Elle portait le même uniforme que les personnes qui venaient de partir.

— Oui, on dirait bien ! J'ai l'impression que je suis toujours en retard en ce moment. Mais ce n'est pas grave, je prendrai le suivant, sourit-elle.

Un taxi arriva et Cade lui fit signe de le prendre.

— Allez-y !

Elle rit et lui sourit.

— Je ne sais où vous allez, les gars, mais moi je vais au centre-ville, si vous voulez partager la course…

— OK, pas de problème, répondirent-ils.

Ils la laissèrent monter à l'avant du taxi et montèrent à l'arrière. Lorsqu'elle indiqua au chauffeur de taxi son adresse, Cade se rendit compte qu'ils habitaient à quelques rues l'un de l'autre.

— On va dans le coin nous aussi… fit remarquer Cade.

— Vous êtes partis depuis longtemps ? demanda-t-elle aux deux hommes.

Ils sourirent.

— Non, seulement quelques jours mais je suis content de rentrer à la maison.

Elle acquiesça.

— Pareil pour moi. Je travaille depuis un moment pour la compagnie et avec tous ces trajets, il est parfois bon de seulement rentrer à la maison et d'y rester quelque temps.

— Tu habites Santa Fe ?

— Oui, et vous ?

— Moi, oui, mais Talon a dû faire le tour du monde. Je ne suis même pas certain qu'il ait encore un chez lui, fit Cade sur un ton taquin.

Talon rit.

— J'ai acheté une maison que je retape !

— Au moins, tu as ça. Je n'ai pas de famille ici, dit-elle en tendant la main pour qu'ils puissent la serrer.

Elle se présenta.

— D'ailleurs, moi c'est Faith !

Les hommes se présentèrent. Cade l'observa longtemps.

— J'ai l'impression de t'avoir déjà vue !

Elle haussa un sourcil.

— Eh bien, tu viens de prendre l'avion, c'était probablement mon vol.

— Non, je t'aurais bien vu dans les allées.

— Non, je ne pense pas, rit-elle joyeusement.

— Et pourquoi ça ? demanda-t-il d'un regard suspicieux.

— Parce que je suis pilote, dit Faith en douceur.

C'est la fin du tome 2 de *Légion d'acier, Erick.*

Découvrez *Cade, Légion d'acier, tome 3.*

Cade, Légion d'acier, tome 3

Deux unités militaires de huit hommes chacune ont été envoyées à bord de deux véhicules pour ce qui n'aurait dû être qu'une mission de reconnaissance banale, à Kaboul. La mission s'est soldée par une catastrophe, quand l'une des unités a roulé sur une mine anti-tank. Badger Horley, le chef de l'équipe des SEAL, ainsi que six de ses hommes ont été gravement blessés. Le huitième homme est mort. Seulement, voilà. Le matin de l'accident, les itinéraires ont été changés sans explications ni informations sur la personne qui a autorisé ces nouvelles directives. Jusqu'à l'explosion de cette mine, Badger s'est senti mal à l'aise avec ce changement de dernière minute, mais il n'a pas envisagé de raisons criminelles. Maintenant qu'on a tenté de détruire son équipe, cela devient personnel. Badger et ce qu'il reste de son escouade refusent de prendre du repos tant qu'ils n'auront pas découvert ce qui a entraîné cette tragédie et tué l'un des leurs. Pour cette Légion d'acier, la vengeance n'attend pas…

Cade Terence, ancien soldat des forces spéciales, a passé les deux dernières années en convalescence, après que le camion de son équipe a roulé sur une mine anti-tank. Six autres de ses co-équipiers ont été gravement blessés, et le septième est mort, dans ce qui n'était autre qu'un coup monté pour les supprimer, comme leur chef d'équipe, Badger Horley, l'a découvert plus tard. Le père de Laszlo, un membre de son unité, a subi un accident avec délit de fuite. L'enquête mène Cade et d'autres co-équipiers sur une piste qui ressemble étrangement à l'accident initial qui a failli causer la mort de l'intégralité de son escouade.

Faith Halladay est pilote pour une compagnie aérienne. Quand sa meilleure amie Elizabeth subit un grave accident qui la plonge dans le coma et menace de la tuer, elle se précipite en Norvège pour veiller à son chevet. Là-bas, elle rencontre Cade, qui pose toutes sortes de questions sur l'accident auxquelles elle ne peut pas répondre. Faith est abasourdie par l'attitude de la famille d'Elizabeth quand tout espoir de survie semble s'écrouler, et elle ne mâche pas ses mots.

Les interrogations de Cade finissent par l'intriguer. Quand elle le recontacte, c'est pour se rendre compte que sa relation avec lui l'a placée dans la ligne de mire d'un tueur. Le cauchemar qui a envahi la vie de cet homme risque bien de devenir le sien.

Le tome 3 est disponible dès aujourd'hui !
Pour en savoir plus, visitez le site web de Dale Mayer.
https://geni.us/DMFRCadeUni

Note de l'auteure

Merci d'avoir lu *Erick, Légion d'acier, tome 2* ! Si vous avez apprécié le livre, merci de prendre un moment pour laisser votre avis.

Chers lecteurs,

J'aime avoir de vos nouvelles, alors n'hésitez pas à me contacter sur mon site web : www.dalemayer.com ou sur ma page d'auteure Facebook. Pour être informés des nouvelles parutions et des offres spéciales, inscrivez-vous à ma newsletter ou suivez-moi sur BookBub. Si vous souhaitez rejoindre mon groupe de lecteurs, voici la page d'inscription sur Facebook.

À bientôt,
Dale Mayer

À propos de l'auteure

Dale Mayer est une auteure de best-sellers au classement de *USA Today*, connue pour ses romances militaires sur les forces spéciales, sa série *Psychic Visions* et sa série *Jolis Jardins Maudits*, dans le genre cozy mystery. Ses romances contemporaines sont vibrantes d'émotion et de passion (série *Broken But… Mending, Hathaway House*). Ses thrillers vous laisseront à bout de souffle (séries *By Death* et *Kate Morgan*) et ses comédies romantiques vous feront rire aux éclats (*It's a Dog's Life*, une novella hors-série, et la série *Broken Protocols* avec Charming Marvin, le chat).

Elle laisse libre cours aux séries qui lui viennent… dont certaines sont carrément folles, enfreignant toutes les règles et croisant différents genres !

En plus de ses romans de fiction, elle écrit également des textes documentaires dans de nombreux domaines, dont la rédaction de CV, le jardinage de loisir et le système de crédit immobilier américain. Elle a récemment publié la série professionnelle *Career Essentials*. Tous ses livres sont disponibles aux formats papier et ebook.

Contactez Dale Mayer en ligne

Site web de Dale – www.dalemayer.com
Twitter – @DaleMayer
Facebook Page – geni.us/DaleMayerFBFanPage
Facebook Group – geni.us/DaleMayerFBGroup
BookBub – geni.us/DaleMayerBookbub
Instagram – geni.us/DaleMayerInstagram
Goodreads – geni.us/DaleMayerGoodreads
Newsletter – geni.us/DaleNews